잃어버린 두근거림을 찾아

세계 예술마을로 떠나다

글·천우연

남해의봄날

서른셋, 성장을 위한 여행을 기획하다

서른셋 나이에 회사에서 인정 받으며 일 잘하고 돈 잘 벌던 둘째 딸이 당장 2주 뒤에 1년 넘는 세계 여행을 시작한다고 선포했을 때, 머리를 긁적이며 아빠가 내게 했던 첫마디는 이러했다.

"아따, 머리 아퍼 불구마잉."

시골에 사시는 부모님은 갑자기 내려와 이런 황당한 계획을 설명하는 나에게 머리 아프다는 말 말고는 다른 이야기는 하지 않으셨다. 엄마는 점심상을 차리고, 아빠는 마늘 밭을 둘러보러 가셨다. 아무렇지 않게 자신들의 일상을 지키는 두 분의 모습은 '네 삶이니 너 알아서 하라'는 우리 부모님 방식의 답변이라는 사실을 나는 잘 알고 있었다. 다시 서울로 돌아와 부모님의 묵묵한 지지 아래, 미뤄 뒀던 여행 가방을 싸기 시작했다. 바로 석 달 전, 난 7년간 다닌 사랑했던 회사를 그만두었다.

나는 땅끝마을, 아주 작은 시골 동네에서 나고 자랐다. 중학교 때까지 학교가 끝난 뒤에는 친구들과 논밭을 뛰어다니며 사계절 내내 얼굴이 새까맣게 타도록 놀았다. 풀 맛밖에 나지 않는 하얀 삐비(삘기)가 얼마나 맛있던지 삐비 풀을 찾아 온 동네를 헤집고 다녔다. 어느 날은 너무 집중한 나머지 남의 무덤 위까지 올라가서 삐비를 뽑다가 동네 할머니께 빗자루로 엉덩이를 맞기도 했다. 한여름에는 집에서 키우던 토끼에게 밥을 주려고 엄마 장바구니를 들고 풀을 뜯으러 다니기도 했다. 그러다가 지치면 아무데나 벌러덩 누워 친구들과 간지럼 태우고 깔깔대며 웃었다.

땅끝마을은 사계절 다른 냄새와 다른 색으로 오감을 자극했다. 자연스럽게 나는 머리를 쓰며 계산하는 것보다 들판이나 하늘, 바다가 가진 색과 냄새에 몸으로 바로 느끼고 표현하는 사람으로 성장했다. 복잡한 셈을 싫어하고 궁금한 것이 있으면 참지 못하고 끊임없이 질문했다. 하지만 입시 경쟁이 치열한 고등학교에 입학하고 난 뒤 많은 것이 바뀌었다. 규율과 통제, 그리고 성적만 강조하는 공간에서 하루 종일 지내며 숨이 절로 막혔다. 그 시절, 처음으로 간 미술관에서 만난 장욱진 화백의 그림은 많은 위로가 되었다. 작은 화폭에 담겨 있던 나무와 집, 까치 그림 속에서 금방이라도 엄마가 튀어나와 나를 안아줄 것만 같았다. 난생처음 본 뮤지컬 〈소나기〉에서는 중학교 시절 첫사랑과 걷던 학교 뒤 논둑길이 떠올랐다. 무대 위 수묵화 색채의 아련한 장면은 시골의 냄새와 색, 소리까지 모두 품고 있었다. 마음으로만 느꼈던 아련한 것들이 예술이라는 이름 아래 그림으로 노래로, 구체적인 언어로 표현되는 게 신기할 따름이었다. 그때까지만 해도 '문화기획자'라는 단어가 없었던 시절이라 나는 내가 무엇을 하고 싶은지 명확하게 직업으로 정의할 수는 없었다. 하지만 문화예술이라는 분야는 내가 꿈꾸는 일이 확실했다.

예술은 가장 아름다운 감수성을 가졌던 어린 시절과 현재의 나를 잇는 끈이었다. 이후 나는 전시 기획부터 뮤지컬 제작, 기업 문화 프로그램이나 공공기관의 축제 기획까지, 문화예술 언저리에서 10년간 꿈꾸듯 바쁘게 일했다. 상상했던 이야기가 무대 위에 공연으로 펼쳐졌을 때에는 마치 내 꿈이 이루어진 듯 행복했다. 무대를 향해 관객들이 환호할 때는 온 세상을 다 가진 기분이었다. 쉬운 프로젝트는 단 한 번도 없었다. 폭풍처럼 몰려오는 일에 만신창이가 될 때마다 나를 일으켜 세운 것은 동료들의 격려였다. 욕심이 많아 잘하려는 마음에 실수가 잦던 시절, 한 박자 기다리는 마음을 길러 준 이들도 동료들이었다. 힘들기는 했지만 천천히 성장했다.

7년간 몸담았던 마지막 직장에서 나의 주 업무는 공공기관의 문화용역사업 입찰 경쟁에 참여하여 프로젝트를 제안하고 수주하는 일이었다. RFP^{Request for proposal}라는 제안 요청서에는 사업 목적과 과업이 명쾌하게 정리되어 있었다. 이미 예산까지 편성된 사업이기 때문에 프로젝트의 당위성은 기획자가 고민할 일이 아니었다. 공공기관의 목적을 나의 목적으로 받아들이려 노력할 뿐이었다. 일주일의 대부분은 야근을 하고, 주말에는 현장 출근까지 마다하지 않았다. 벅찬 스케줄에 피곤한 몸을 이끌고 기어코 현장에 갔던 이유는 그곳의 기운이 기획서 쓰느라 고생한 나에게 보상처럼 느껴졌기 때문이다. 행복해 하는 관객들을 보며 뿌듯한 마음으로 현장을 찾았던 사회 초년생 때와는 사뭇 달랐다. 어느 순간부터 주어진 목적을 달성하는 데 급급했고, 일 이외에 삶에 대해 고민할 시간은 없었다.

더 잘 해내야 한다는 강박은 사업의 본질에 대한 고민보다는 낙찰로 가는 빠른 방법을 찾았다. 1등이 아니면 의미가 없는 입찰 시장에서는 예술의 본질과 진정성은 말과 글로 그럴싸하게 포장해서 내 놓으면 그만이었다. 오히려 턱 없이 부족한 마감 시간 때문에 심사위원들을 사로잡는 매력적인 문장을 만들어 내거나, 경쟁사의 취약점을 찾는 데 시간을 더 보냈다. 그렇게 1분 1초를 아깝게 여기며 정신 없이 달리다 보니 어느 순간 나는 내가 무엇을, 누구를 위해 일하고 있는지도 모른 채 그저 승리해야만 한다는 오기와 집념으로 눈 감고 질주하고 있었다. 그림을 봐도, 음악을 들어도 더 이상 마음이 설레지 않았다는 것은 무엇인가 잘못 돌아가고 있다는 것을 의미했다. 문득, 도대체 지금 내가 하고 있는 이 일이 나를 어디로 데려가고 있는지, 그리고 나의 삶이, 사랑이, 모든 관계가 내 의지대로, 진정한 행복을 향해 나아가고 있는 것인지 의심하기 시작했다.

나는 지금까지 달려 왔던 길을 과감히 멈추기로 마음먹었다. 열심히 일해 쌓은 위치에 잠시 흔들리기도 했지만 이렇게 흘러가는 대로 나를 내버려 뒀다가는 어느 순간 내가 사랑했던 일마저도 원망하고 미워질 수 있겠다는 생각이 들었다.

회사를 그만둔 뒤에도 한동안은 무언가 해야 한다는 불안함에 가만히 있지 못했다. 읽지도 않으면서 늘 책을 끼고 다니고, 매일 닥치는 대로 영화를 봤다. 이직을 생각하며 구인 사이트도 살펴봤지만 나 자신을 다시 정비하는 것이 먼저였다. 다른 직장, 다른 일을 시작한다고 해결될 문제가 아니었다.

딱 10년만 일하고 유학을 떠나려고 차곡차곡 모아 두었던 돈으로 대학원에 들어가기로 마음먹었다. 직장생활 내내 모은 돈이 겨우 해외 대학원 1년치 학비 정도였다는 것은 참 씁쓸한 일이었다. 모아 둔 돈 전부를 걸 생각을 하니 학교 선택에 더 신중해졌다. 목표한 학교에 들어가기 위해 입시 때도 하지 않았던 도서관 생활을 하며 밤낮으로 영어 공부를 했다.

사방이 막힌 도서관 열람실에서 처박혀 지낸 지 두 달쯤 지나, 스물셋에 첫 인턴 생활을 함께했던 친한 언니가 나를 보러 도서관에 찾아왔다. 서로 바빠 자주 만나지는 못하지만 늘 인생 선배로서 내게 조언을 아끼지 않는 언니였다. 그날 언니는 퇴사를 했는데도 여전히 불안해 하며 변한 게 없는 나를 보고 '진짜 천우연스러운 것을 찾아봐'라고 조언했다. 그랬다. 회사를 나온 이후 왠지 모르게 서럽고 불안해서 나 자신을 객관적으로 보지 못했다. 생각해 보니 유학은 학벌 세탁을 위한 내 욕심이었고 더 좋은 경력과 성공을 위해 내가 만들어 놓은 하나의 허상일 뿐이었다. 무엇인가를 해내고 이루어야 한다는 강박이 없는 자유로운 곳에서 내 마음에 귀를 기울이며 다시 나를 알아 갈 수 있는 여유로운 시간과 공간이 필요했다.

그것은 외딴곳에 나를 내던져 보는 '여행'이었다. 휴식과 감상으로 그치는 여행이 아닌, 나의 삶을 예술로 기획한 여행. 일과 삶에서 쏟아져 나오는 질문들의 답을 찾는 여행. 예술이 도구로 쓰이는 것이 아니라 사람들의 삶 속에서 얼마나 재미있게 펼쳐지는지 실험해 보는 여행. 조금 더 바라면 세계의 문화기획자들도 이렇게 바쁘게 살고 있는지, 그들은 무엇을 위해, 어떤 희망을 바라보며 일을 하는지 그들 곁에서 함께 생활하며 경험하는 여행. 동시에 세상의 서른셋, 그리고 청춘들은 어떤 행복을 꿈꾸며 살고 있는지 놀며 배우는 여행. 이런 여행이 하고 싶어졌다.

머리 아프다는 아빠의 말대로 조금 특별한 여행을 생각하고 난 뒤 내 머리도 한동안 지끈지끈 아팠다. 한 번도 만나 보지 못한 기획자나 단체들에 만나 달라고 부탁도 해야 하고, 부족한 영어와 낯선 언어도 부딪혀야 할 어려운 과제였다. 그들의 공간으로 뛰어들어가 쫄지 않고 눈치껏 잘 해낼 수 있을지 막연한 두려움도 생겼다. 리허설처럼 미리 한 바퀴 속성으로 돌아보고 올 수도 없는 이 실험적인 여행은 사서 하는 고생일 게 분명했다. 하지만 여행을 떠올리고 난 뒤 내 마음은 한없이 보드랍고 촉촉해졌다. 이것만으로도 이번 여행은 충분히 의미 있었다. 어쩌면 이 말도 안 되는 도전은 10년, 20년 일하며 쌓을 경력보다, 명문 대학 졸업장보다 훨씬 더 가치 있는 일임을 우리 부모님은 나보다 먼저 알고 계셨던 듯하다. 먼 땅으로 떠나기 전, 부모님의 든든한 응원을 가슴에 품고 크게 숨을 고른다. 배우고 오자는 욕심보다는 산과 들에서 뛰놀던 호기심 많던 내 어린 시절처럼 실컷 즐기고 오자는 가벼운 마음으로.

여행 준비

스물셋에 첫 직장을 잡고 '예술은 우리 삶을 변화시킨다'는 인생 문장 하나를 만들었다. 힘들고 서럽고 속상한 일이 있을 때마다 마음을 다잡고 읽었던 글귀다. 여전히 마음속에 꿈틀거리던 열두 글자, 일에 치여 그 모양이 찌그러지고 많이 닳긴 했지만 여행을 준비하며 다시 꺼내 책상 앞에 써 붙였다. 나만의 여행 기획이 드디어 시작되었다.

　가장 먼저 큰 노트를 펼쳤다. 그리고 여행을 왜 떠나야 하는지, 가서 무엇을 보고 싶은지 떠올렸다. 셀 수 없이 무수한 단어들이 머릿속에 날 것인 채로 정리되지 않고 떠돌았다. 쏟아져 나오던 단어들을 탈탈 털어 노트 위에 하나도 빠짐없이 적었다. 다 적고 보니 글자들이 나를 꼭 닮았다. 용기를 준 단어, 힘들게 했던 단어, 닮고 싶던 단어를 적다 보니 내 안의 내가 나왔다. 그중 나를 지탱하고 있는 힘은 단연코 '예술'이었다. 맨

꼭대기에 '예술'을 적고 자연, 바다, 시골, 마을, 교육, 그림, 도자기, 전통, 판소리 등등 내가 좋아하는 단어를 비슷한 것끼리 묶고 분류했다. 그리고 분류한 것에 대표 단어를 붙이고 요약해 하나의 문장을 만들었다. 여행을 기획하려고 시작했는데 결국 내가 원하는 삶의 모습이 그려졌다.

나만의 여행을 기획하다

10년 가까이 일하며 컴퓨터 속 즐겨찾기 폴더에 켜켜이 쌓아 두었던 자료를 하나씩 다시 열어 보았다. 10년도 더 된 기사들과 최근 기사들까지, 사례와 인터뷰들이 새롭게 다시 보였다. 사업을 따 내려는 목적으로 접근했을 때는 결코 발견하지 못했던 주옥 같은 이야기들이 폴더 안에 보물처럼 가득했다. 방대한 양의 자료 중에서도 유난히 반짝이던 기사는 내가 살고 싶은 마을이나 축제 사례, 존경하는 예술가와 기획자 인터뷰였다. 관련 책도 찾고, 논문도 읽었다. 몇백 개가 넘는 기사와 책에서 나온 이야기를 추리고 순위를 매겨 카테고리에 맞게 분류했다. 그리고 기사를 쓴 기자, 내게 이메일을 보냈던 해외 예술 단체, 논문을 쓴 학자, 책을 쓴 저자에게 무식하고 용감하게 이메일을 보내기 시작했다. 이메일은 자칫하면 열리지도 못한 채 휴지통으로 직행할 가능성이 높았다. 최대한 그들의 시간을 뺏지 않고 흥미롭게 읽을 수 있도록 간단한 여행 소개 리플릿 한 장을 만들었다. 여행의 목적과 어떤 도움이 필요한지를 쉽게 시각적으로 전달할 목적이었다. 메일 끝에는 만약 이번에 함께 할 수 없다면 주변 단체나 기획자, 예술가들을 추천해 달라고 덧붙였다. 낯선 사람이 보낸 여행 계획 메일에 그들은 당황하기는커녕 친절하게 답변해 주었다. 리플릿을 자신의 지인들에게 전달하고 내 여행을 소개하는 사람들도 있었다. 건너건너 내 소식을 들은 한 단체가 자기 나라에도 꼭 방문해 달라는 메일을 보내오기도 했다. 거절 답변을 받아도 세상은 무너지지 않았다. 마음의 여유는 모든 일을 쉽게 만들었다. 미지의 세계에 대한 막연한 두려움도 친절한 이들의 메일을 받고 난 뒤 안도와 설렘으로 바뀌었다. 긍정적인 답변과 불가능하다는 답변, 조금 기다려 달라는 답변이 속속들이 도착했다. 확답을 준 곳과 내가 꼭 방문하고 싶은 곳을 위주로 총 네 곳의 나라를 선택했다.

1년 동안 살아 볼 네 개의 나라

대자연과 예술이 더불어 사는 마을, 스코틀랜드의 생태 예술마을 '모니아이브 페스티벌 빌리지Moniaive festival village'를 가장 먼저 가기로 했다. 사실 스코틀랜드의 몇몇 마을을 후보로 두었는데 그중 가장 마음이 기우는 곳이었다. 내 몸과 마음의 회복이 우선이라 생각해서다. 복잡한 도시에서 빠져 나와, 초연한 자연이 나를 향해 두 팔 벌려 환영하는 곳에 온 몸을 던져 살아 볼 생각이었다. 그렇게 마음껏 놀다 보면 자연스러운 일상처럼 여행을 시작하게 될 것이라 믿었다.

또 다른 목적지는 덴마크의 예술 교육기관인 '보른홀름 예술 시민학교Bornholm folks højskole'로 정했다. 나만의 생각과 감성을 그림으로, 도자기로, 노래로, 예술이라는 이름으로 마음껏 표현하며 배울 생각이었다.

영문 리플릿 인쇄가 잘못되어
가장 중요한 면 하나가 텅 비어
나왔다. 다시 인쇄할까 했지만 다음
날 출국이다. 공짜 페이지가 생긴덕에
매번 내 마음을 가득 담아 편지글을
담을 수 있는 더 멋진 공간이 생긴 걸로
생각하기로 했다.

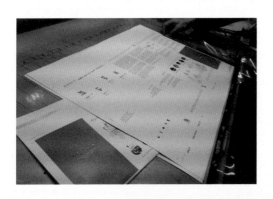

미국의 미네소타 주에서 열리는 인권 축제 '메이데이 축제'를 주관하는 '야수의 심장 인형 극단In the heart of beast puppet and mask theatre'도 가기로 했다. 메이데이 축제는 내가 제안서를 쓸 때 공동체의 본보기가 되는 사례로 수도 없이 소개했던 예술 축제다. 하지만 정작 나는 예술을 통해 우리 사회가 조금 더 나은 삶으로 변화하는 과정을 깊게 경험하지 못했다. 그 경험을 하기에 가장 적합한 극단이라 판단했다.

여행의 마지막은 호주의 원주민 아보리진 예술 공동체 '데자트Desart' 기관에 머물기로 정했다. 돌이켜보면 급변하는 현대사회의 편리와 효율이 속도를 더할 때 나는 오히려 더 느리게 걷고 옛것을 찾아 돌아보는 사람이었다. 원주민들의 여유로운 삶은 내가 배우고 싶은 삶의 방식이기도 하고 전통 방식을 그대로 전수하며 만든 예술작품과 그 제작 과정을 곁에서 지켜보는 것만으로 유익한 경험일 것이라 확신했다. 그러나 이 계획은 우연한 만남을 계기로 멕시코에 머무는 것으로 바뀌었다.

'생태적인 삶, 배우는 삶, 나의 노동이 좋은 사회로 가는 길에 조금이라도 보탬이 되는 삶, 전통과 함께하는 삶.' 나라를 선택한 뒤, 내가 앞으로 꿈꾸는 일과 삶의 모습을 네 개의 문장으로 정리하여 나의 인생 문장 옆에 나란히 써 붙였다.

나는 마을 사람과 더불어 살며 짙은 경험을 하고 싶었다. 그러려면 한 나라에 최소한 3개월은 머물러야 한다고 생각했다. 그 이상 머물 경우 스코틀랜드를 제외한 모든 나라에서 비자가 필요했다. 그래서 우선 3개월로 정하고, 기간은 현지의 상황에 따라 바뀔 수 있는 여지를 두었다. 축제 기간과 학교 입학 날짜를 확인하니 떠날 날짜와 방문 순서도 얼추 정리가 되었다. 자연스럽게 한 편의 여행 기획안이 완성됐다. 자료들을 모아 엽서만 한 크기에 직접 그린 일러스트를 넣어 접지 형태의 리플릿을 영문판과 한글판 두 가지로 만들었다. 여행 기간 동안 만나는 사람들에게 나누어 줄 생각이었다. 나와 나만의 여행을 제대로 소개하기가 영어로도 한국어로도 쉬운 일은 아닐 거라는 생각이 들었기 때문이다.

빠듯한 예산 문제를 해결하자

원하는 곳에서 실컷 보고, 배우며, 놀 생각을 하니 마음은 이미 부자였다. 문제는 예산이었다. 유학을 위해 모아 두었던 금액을 모조리 쓰기로 하고 마음을 비웠다. 현지 체류 비용은 한국에서의 한 달 생활 비용을 기준으로 잡고, 교통비는 가장 편하고 짧은 시간에 이동할 수 있는 비행기편 위주로 잡았다. 아무데서나 자도 가뿐하고, 열두 시간이 넘는 장거리 버스를 타도 쌩쌩한 20대의 내가 아닌 서른세 살의 체력을 인정해야 했다. 그러다 보니 예산이 넉넉하지 않았다. 현지에서 최대한 체류 비용을 줄이는 것이 가장 현명한 방법이었다. 방문이 확정된 단체에는 메일을 보내서 나의 사정을 설명하고 외국인이 받을 수 있는 후원이나 장학금 제도가 있는지 꼼꼼하게 물어 봤다.

한국에서 준비해야 할 물품들도 꽤 많았다. 필요한 물품 목록을 적은 열 장의 카드 이미지를 만들어서 SNS를 통해 지인들에게 전달했다. 더 이상 사용하지 않는 물건이 있다면 싸게 팔거나, 빌려주거나, 그냥 내게 버려 달라고 했다. '대용량 메모리 디스크, 큰 여행 가방, 작은 기타, 여행 떠나기 전까지 점심 사 주기, 짬 날 때마다 나를 위해 기도해 주기, 내가 후원하는 단체에 나 대신 지속적으로 후원해 주기, 보내는 이의 살림살이에 맞춰 나의 계좌로 1원부터 10억까지 송금해 주기 등등' 구구절절한 카드를 받은 친구들은 자신이 가지고 있는 것들을 조금씩 내어 주었다.

잊지 말자, 고마운 사람들

중요한 일이 하나 더 남아 있었다. 낯선 세계로 떠나기 전, 익숙한 지금의 순간을 돌아보고 주목하는 일이었다. '우연히 밥상'이라고 이름 짓고 동네 작은 공방을 꾸며 지인들을 초청해 소소한 저녁 식탁을 마련했다. 꿈을 좇던 대학 시절, 바쁘게 일하던 직장 시절, 불꽃 같이 사랑했던 시절, 모두 함께 마주 앉아 추억을 곱씹으며 그 시절 우리들의 이야기를 나눴다. 힘들고 울고 싶을 때마다 손 내밀어 나를 세우고 따뜻한 말을 건네던 소중한 사람들, 이들이 있어 낯선 세계가 하나도 두렵지 않았다.

그리고 이제 떠날 시간이 다가왔다. 진솔한 나의 삶을 마주하러 가는 서른세 살의 발걸음이 스물셋처럼 가벼웠다.

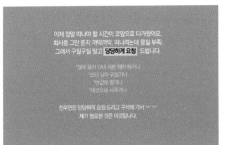

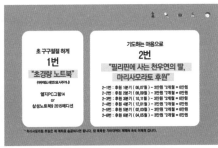

준비하는 과정부터
많은 사람들의 도움으로
난 이미 새로운 세상을 만나는
기분이었다. 그리고
긴 여행 중 외로움이 몰려오던
순간, 지구 어딘가에 나를
응원하는 사람들이 있다는
사실이 큰 힘이 되었다.

목차

자연에서 시작한 여정

Scotland

Moniaive

겁 없는 출발, 고마운 인연과 우연의 시작

유난히 큰 창문이 좋아 이사한 성산동의 오래된 빌라, 퇴사 이후 여행을 계획하며 대부분의 시간을 방에서 보냈다. 벽에 기대앉아서 아무 생각 없이 창밖을 내다보고 있으면, 방충망 너머로 들어오는 햇살과 바람이 내 방 하나만 똑 떼어다가 하늘 위에 동동 띄워 어디론가 데리고 갈 것 같았다. 스코틀랜드를 긴 여행의 첫 번째 나라로 정하고 난 뒤, 창밖을 바라보는 시간이 더 잦아졌다. 들뜬 마음을 가라앉히는 데 참 좋았고, 그 틈을 타 눈을 감고 구름 타고 스코틀랜드에 가는 상상도 했다.

불안과 설렘이 교차하던 날을 지나 출국일이 왔다. 비행기 창가 자리에 앉아 큰 숨을 들이 쉬었다. 지그시 눈을 감고 마음으로 소리쳤다.

'드디어 떠난다!' 벅찬 마음으로 심장이 빠르게 뛰다가 무심코 올라오는 외로움에 한없이 느려지기도 했다. 이런저런 감정들이 복잡한 선을 만들어 오르락내리락 요동친 지 꼬박 열다섯 시간이 지나고 드디어 영국에 도착했다. 열심히 계획을 세웠던 것 같지만 무모함도 컸다. 가족들과 친구들 앞에서는 자신 있게 큰소리치고 출발했으나 영국에 도착한 첫날밤부터 설렘은 사라지고 두려움이 불쑥 고개를 내밀었다. 낯선 땅에 두 발을 딛고 혼자가 되니 비로소 긴긴 여행의 무모함을 급격히 체감하게 된 것이다.

첫 행선지로 스코틀랜드를 선택한 것은 문화기획자로 일하며 내가 흠모하던 크리에이티브 스코틀랜드Creative Scotland라는 스코틀랜드 문화예술 단체의 뉴스레터 때문이었다. 벤치마킹을 핑계로 수시로 엿보았던 그 단체의 억지스럽지 않은 기획들은 뭐든 뜯어 붙이고 인위적으로 창조해 내려던 나의 프로젝트에 많은 질타와 영감을 주었다. 특히 공동체가 와해되는 모습을 두 눈으로 목격하는 것이 일상인 서울살이를 하면서, 그곳의 지역 예술 프로젝트가 무척이나 흥미로웠다. 그들은 작은 마을을 개조할 대상으로 바라보지 않았다. 오히려 켜켜이 쌓인 이야기와 매일 또 다른 이야기가 만들어지는 살아 있는 유기체로 바라보았다. 그래서 예술은 어느날 갑자기 마을에 개입하여 억지스럽게 삶을 변화시키는 것이 아니라 자연스레 스며드는 것이라 말한다.

그러던 어느 날, 이 단체가 보내 온 뉴스레터에서 이런 기사를 만나게 되었다.

지역을 지역의 눈으로 바라보고 지역의 문화, 예술 자원을 활용하여 살기 좋은 곳으로 만드는 가장 창의적인 공동체를 선발하는 시상식 '크리에이티브 플레이스 어워즈Creative Place Awards' 개최

기사를 읽자마자 후보지 지역들을 살펴봤다. 아름다운 마을들이 복잡했던 내 머릿속을 비집고 들어와 가장 예민한 자리에 눌러 앉았다. 대부분의 지역들은 생태적으로 건강하게 잘 가꾸어진 작은 예술마을이었다. 서울살이가 힘들어질수록 이 작은 마을들은 나를 극도로 흥분시키기도, 토닥토닥 달래 주기도 했다. 여행을 준비하던 때 이 기사를 접하고 프로젝트 담당자인 헬렌에게 무작정 메일을 보냈다.

"한국에 사는 천우연이라고 합니다. 이 사업에 관심이 참 많습니다. 시상식에서 꼭 당신을 만나 보고 싶습니다. 사업에 대한 이야기도 듣고 후보지로 선정된 팀들도 만날 수 있기를 기대합니다. 그 시상식에 저를 초청해 주실 수 있나요?"

가만히 다시 읽어 보니 너무 일방적인 부탁의 메일인 것 같아 몇 번을 지우고 다시 적었다. 그러다 결국 처음 쓴 내용 그대로 보냈다. 간결한 문장은 그 당시 나의 긴박한 마음이었고 만나고 싶다는 부탁은 진심이었다. 시상식 날짜는 다가오는데 헬렌은 답장이 없었다. 나는 헬렌의 답변을 받기도 전에, 시상식에는 반드시 참여하겠다는 단 하나의 생각으로 날짜에 맞추어 한국을 떠나온 것이다. 시상식 날짜는 6월 10일, 장소는 스코틀랜드의 서쪽 덤프리스갤로웨이 주 폴커크 마을의 타운홀이라는 것은 기사에서 확인해 알고 있었다. 석 달이나 지난 기사라서 혹시

변동 사항이 있으면 어쩌지 하는 걱정도 됐지만, 이미 난 런던이었다. 영국에 도착했으나 스코틀랜드에서 만날 담당자 헬렌과는 여전히 연락이 닿지 않았다. 몇차례 전화기를 붙잡고 헬렌의 전화번호를 꾹꾹 눌렀으나 야속하게도 응답은 없었다.

소박한 계획이라 생각했다. 자연과 어우러진 예술마을에서 긴 여행을 시작하며, 몸과 마음을 새로이 채우고 싶었던 것뿐이다. 또 한편으로는 재미있는 일들이 시작되는 순간을 직접 경험해 보고 싶었다. 일을 하며 순간순간 마주했던 벽, 프로젝트를 성공적으로 마치고도 채워지지 않던 텅 빈 구멍 같은 아쉬움, 그 한계를 넘어설 무언가를 찾을 수 있지 않을까 하는 막연한 기대도 했다.

답장을 받지는 못했지만 시상식에 참여할 이유는 확실했다. 마음 같아서는 후보로 선정된 모든 마을을 보고 싶었지만 이번 여행만큼은 훑어보고 지나가는 관광객이 되고 싶지 않았다. 석 달을 살아 보는 계획, 짧지 않은 시간이라 지역 선택에 신중할 수밖에 없었다. 시상식에 참여하지 않고 홈페이지에 나와 있는 정보만을 가지고 무턱대고 한 마을을 고르기에는 정보도 충분하지 않았다. 단체의 담당자들을 만나 사업에 대해 더 깊이 물어보고 적합한 마을을 추천 받기 위해서는 이 시상식에 참석하는 길밖에 없었다. 며칠 런던에 머물면서 헬렌의 답장을 매일 기다렸다. 시상식이 이틀 남은 아침, 더 이상 미룰 수가 없어 시상식이 열릴 폴커크를 향해 런던을 떠나 스코틀랜드로 출발했다.

런던에서 스코틀랜드 수도인 에든버러까지 열 시간 버스를 타고, 그곳에서 다시 기차를 타고 30분 정도 더 들어가야 한다. 정시에 도착해도 고단했을 여정은 버스에서 일어난 취객의 난동으로 세 시간 넘게 지연되었고, 열세 시간만에 에든버러에 도착하니 아침 10시. 시퍼런 물감이 뚝뚝 떨어질 것만 같은 하늘이 나를 기다리고 있었다. 감탄만 나오는 풍경을 마주하자 버스를 지연시킨 취객에게 고마운 마음이 들었다. 폴커크 가는 기차표를 예약한 뒤, 저 멀리 스코틀랜드 모뉴먼트가 한눈에 보이는 잔디 위에 두 다리를 뻗고 누웠다. 그제서야 여행을 떠나온 기분이 들었다. 눈을 잠깐 감고 살랑거리는 봄 끝자락, 모뉴먼트 탑 끝에 올라가 덩실덩실 춤을 추는 상상을 했다. 그렇게 평화로운 시간을 찬찬히 마음에 담고 음미하던 순간, 뒷주머니에서 휴대전화의 진동이 느껴졌다. 그렇게나 기다리던 헬렌의 답장이었다! 시상식장에서 이벤트 팀이 나를 기다리고 있으니 준비하는 과정은 오늘 그곳에서 살펴보고 자신과는 내일 시상식장에서 반갑게 만나자는 메시지였다. 발걸음이 급작스럽게 가벼워졌다.

폴커크에 도착하자마자 예약한 호텔에 짐만 풀고 준비로 바쁜 시상식장에 달려갔다. 이벤트 팀은 준비하느라 분주한 상황에서도 일을 멈추고 나를 반갑게 맞아 주었다. 현장에서 만난 이벤트 팀 사람들에게 짧게나마 내 소개를 하고, 내일 시상식장에서 만나고 싶은 지역 팀과 이야기를 나눌 자리를 마련해 줄 것을 부탁했다. 팀원들은 1만 킬로미터가 족히 넘는 지구 반대편에서 이 작은 마을까지 들어온 내가 신기했는지 호기심 가득한 얼굴로 여러 가지 질문을 했다. 그들의 눈동자에 비친 내 모습을 보고 있으니 나도 지금의 상황이 낯설고 신기한 건 마찬가지였다. 내가 어쩌다가 여기까지 왔는지 모든 순간이 어색하고 순식간에 외

에든버러 가는 버스 안,
끊임없이 이어지던 아름다운
풍경을 어떻게든 담고 싶은
마음에 펜을 들었다.

반원 같은 에든버러 하늘 속, 오래된 탑과 건물이
들쑥날쑥 꽉 하고 들어찼다.
멀리서 누군가 카랑카랑 백파이프 연주를 한다.
외롭지만 경쾌한 것이 내 심정과 꼭 닮았다.

로움이 밀려왔다. 그러다가 곧 누군가 콘솔 앞에서 영상 리허설을 위해 큐 사인을 주는 소리가 들리자 일터에 온 것 마냥 마음이 다시 편안해졌다. 바쁜 스태프들을 더 이상 괴롭힐 수 없어 다음 날 만날 약속을 하고 타운홀에서 나왔다. 진짜 여행이 시작되는 느낌이었다. 첫 나라, 스코틀랜드에서 3개월을 함께 보낼 식구들을 드디어 내일 찾을 수 있다니! 두려움은 사라지고 뜨거운 에너지가 가슴 속에서 올라왔다. 그날 밤 나는 여행을 떠나오고 가장 달게 잤다.

의전 대신 진심으로 채워진 시상식

아주 중요한 회의가 아니고는 단 한 번의 알람 소리에 일어난 것은 이날이 평생 처음이었다. 드디어 시상식 날이다. 타운홀 입구에 도착해 안에 들어서자 놀라운 일들이 이어졌다. VIP를 위한 특별 접수 데스크를 운영하지 않아 깜짝 놀랐고, 입구에서 반갑게 인사하고 확인하는 게 전부라는 사실을 알고 난 뒤 또 한 번 놀랐다. 내가 한국에서 기획했던 행사들과는 확실히 다른 분위기였다. 우리나라의 상당수 행사들은 격식과 의전에 많은 힘을 쏟는다. 공간을 선택할 때도 VIP라 불리는 몇몇 귀빈의 동선과 접근성, 격에 맞추는 것이 우선이었다.

　몇 번의 행사 중 잊을 수 없는 얼굴들이 떠오른다. 더운 여름 야외 행사에 참여한 시민들이 땡볕에 오랫동안 앉아 있어야 해서 천막을 치려던 내게 귀빈들의 동선을 막는다며 눈치를 주던 공무원들, 대통령이 껴야 할 흰 장갑 안쪽에 작은 실오라기 하나도 용납할 수 없으니 말끔하게 정리해 달라던 경호원들의 얼굴이다. 그들의 건조한 요청을 아무 소리 못 하고 다 받아 주던 시절이 있었다. 천막이나 장갑 하나에만 국한된 의전이면 기꺼이 감수할 수 있었겠지만 짐작하듯이 현실은 그렇지 않았다.

쓸데없는 격식 대신 웃음으로 맞이하는 리셉션, 꽤 큰 행사임에도 행사의 방향성에 알맞게 선정한 작은 마을 공연장 등 구석구석에서 VIP를 챙길 시간에 참석자 모두를 위해 알차고 소신 있는 프로그램을 준비한 것이 눈에 보였다. 그 정성이 얼마나 지극했는지 시상식장 곳곳에 밝은 에너지가 차고 넘쳤다. 그리고 입구에서 나를 보고 환하게 웃으며 손짓하는 사람, 그렇게 만나고 싶었던 헬렌을 만났다. 자연스러운 행사장의 분위기 탓인지 처음 만난 그가 전혀 낯설지 않았다.

행사 식순은 한국과 거의 다를 바 없었다. 어떤 마음가짐으로 누구를 위한 행사인지를 정확하게 인지하고 애쓰는 기획자의 애틋함과 소신의 정도가 다를 뿐이었다. 그 '정도'의 차이가 시상식의 온도를 만들어 냈다. 줄곧 따뜻하게 진행된 행사의 첫 프로그램은 지난해 상을 받았던 지역 사람들이 나와 한 해 사업을 진행하며 보람찼던 일과 어려웠던 일을 허심탄회하게 이야기하는 것이었다.

이번 시상식은 상금액에 따라 총 세 가지의 분야로 나뉘었는데, 나는 각 분야에 후보로 선정된 지역 중 내가 가고 싶은 마을을 하나씩 찜해 두었다. 다른 마을들에 비해 예술과 자연이 깊이 있게 어우러져 있는 마을을 위주로 선택했다. 모니아이브, 애런 섬, 포트윌리엄 이렇게 세 곳이었다. 한군데라도 상을 탔으면 하는 바람으로 후보가 호명될 때마다 박수를 치며 환호했다. 나의 간절함이 전해졌는지 모니아이브 페스티벌 빌리지가 5만 파운드의 상금을 쥐었다.

모니아이브를 응원했던 이유는 단순했다. 마을 주민 전체가 600여 명인데 반절이 넘는 숫자가 예술가고, 매달 소소한 축제가 끊임없이 벌어진다고 했다. 그래서 이름까지 '페스티벌 빌리지'라는 사실이 나에게는 무척이나 재미있게 느껴졌다. 또 하나, 이 동네를 선택한 이유가 있다. 퇴사 뒤 한국 녹색당에 가입하면서 조금 더 생태적인 삶 안에서 예술을 찾기를 바라는 마음이 커졌다. 그러다가 스코틀랜드에서 2년에 한 번 열리는 '스코틀랜드 환경예술축제Environmental Arts Festival in Scotland'를 알게 되었고 8월 말 열리는 축제에 잠시라도 참여하는 것을 여행의 목표 중 하나로 삼았다. 환경예술축제가 열리는 장소가 모니아이브와 가까웠다. 축제 참여를 위해 먼 길을 이동하지 않아도 될 테고, 축제를 준비하는 과정에서 모니아이브 마을과 밀접하게 작업할 것이라는 생각이 들어 축제에 참여하기 수월할 것 같았다. 나머지 두 곳은 안타깝게 수상은 못 했지만 모두 매력적인 동네였다. 애런 섬은 지역 예술가들과 함께 섬 전체를 예술섬으로 만들겠다는 장기 비전을 품고 있는 곳이다. 스코틀랜드의 천혜 자연 속에서 섬 마을 사람들과 함께 예술 공동체를 가꾸는 일은 상상만 해도 멋졌다. 포트윌리엄은 마을의 예술가들과 환경단체가 협력하여 지속 가능한 생태 예술 프로젝트를 제안했다. 자연과 예술의 조합은 오래 전부터 내가 고민하던 주제였다.

세 지역 모두 흥미로웠지만 시상식이 끝나기 전까지 한 곳을 선택해야만 했다. 나는 잠시 고민 후 이름만 들어도 유쾌한 마을 '모니아이브 페스티벌 빌리지'에 가기로 마음을 먹었다. 마을 담당자들에게 인사하기 위해 단체 테이블로 갔다. 단체의 리더인 팀과 수, 그리고 함께 참석한 동네 사람들은 수상 소식에 무척이나 들뜬 상태였다. 내 소개를 간략하게 하고 모니아이브에서 3개월 정도 살고 싶다고 이야기했더니 언제든 마을에 오는 것을 환영한다며 연락처와 주소를 적어 주었다.

시상식이 끝나고 헬렌은 내게 뒤풀이에 함께 가자 했다. 제안해 준 마음이 고마워 따라 나서긴 했지만 모니아이브에 가기로 결정한 순간부터 마음이 바빠지기 시작했다. 마을에 대해 알아봐야 할 것이 많아 한 시간도 지나지 않아 먼저 일어났다. 헬렌은 아쉬운 표정을 짓더니 무거워 보이는 분홍색 가방을 내밀었다. 호텔에 들어와서 가방을 풀었더니 크리에이티브 스코틀랜드에서 진행 중인 모든 사업들의 프로그램 소개서와 CD, 판촉물이 바리바리 포장되어 있었다. 인터넷을 통해 받아 보던 온라인 뉴스레터가 그와 나를 잇는 유일한 끈이었다. 그런데 오늘 이렇게 만나 얼굴을 마주하고 또 헤어지는 것을 아쉬워하며 선물을 주고 받았다. 고마운 마음에 눈시울이 뜨거워졌다.

불과 얼마 전만 해도 나는 경쟁 구도에 얽매여 치열하게 일하는 직장인이었다. 꿈꾸는 삶을 내가 발 딛고 있는 현실에서 실현할 수 없을 것 같을 때 나는 늘 사회의 구조와 스스로를 탓했다. 내 노력이 부족하다거나, 엉망인 사회의 시스템이 나를 슬픔의 낭떠러지로 몰고 가고 있다거나. 그렇게 숨쉴 틈 없는 일상에도 불구하고 유일하게 행복했던 시간이 있었다. 매일 아침 출근해서 노트북을 켜고 잠시 화면을 바라보며 기다리는 시간, 바탕화면에 깔아둔 스코틀랜드의 드넓고 푸른 언덕을 감상할 수 있는 그 짧은 시간이었다. 나는 이 시간만큼은 잠시 눈을 감고 초록의 언덕에서 훨훨 날며 춤을 췄다. 물론 그 꿈은 업무가 시작된 지 5분만에 깬다. 내가 긴 여행을 가겠다고 마음을 먹고 장대한 계획을 이야기했을 때 친구들이 그랬다.

"너 그렇게 아무 생각 없이 가고 싶다고 쉽게 가방 싸면 안 돼. 나이도 생각해야지."

부러운 말투가 섞이긴 했지만 참으로 현실적인 충고였다. 사실 이날 시상식에 참석하기 전까지 너무 무모하게 여행을 떠나온 건 아닌가 하는 두려움에 친구들의 말을 몇 번이고 곱씹었다. 하지만 지금은 그런 친구들에게 생글생글 웃으며 야무지게 대답할 수 있다. 직장생활 8년의 시간 동안 매일 아침 5분씩 언덕에서 훨훨 춤을 추다 눈을 떠야만 했던 아쉬움이 차곡차곡 모여 겨우 만든, 반드시 필요했던 여행이라고. 마음대로 되지 않은 현실에 내 탓, 사회 탓 하는 것보다는 적어도 그 문제들을 스스로 풀어 보려 고민하고 있다고 말이다. 그날 밤 나는 큰 보따리를 메고 춤을 추며 모니아이브에 가는 꿈을 꿨다.

타운홀에 들어가기 전 두근거리는 마음을 진정시킬 방법이 없어
한국에 있는 친구와 꽤 오랜 시간 통화했다. 따뜻한 목소리, 응원의 마음이
긴 거리를 뛰어넘어 마음으로 다가왔다. 유난히 햇살 좋고 맑던 날이다.

시상식에서는 영국 텔레비전 쇼
'브리튼스 갓 탤런트'에 나와
감동을 주었던 수잔 보일을
우연히 만나는 행운도 있었다.
세계적으로 유명해졌으나
마을 주민의 한 명으로 소박하게
웃으며 자리를 빛내는 모습에
마음이 따뜻해졌다.

시상식 자막에는
스코틀랜드 언어인
게일어도 함께
제공했다.

우연히 만난 인연, 눈앞에 펼쳐진 축제!

모니아이브 마을에 들어가기 전, 어차피 거쳐 가는 길이니 스코틀랜드 환경예술축제가 열리는 덤프리스에서 3일간 머물기로 했다. 축제 장소를 미리 탐방하는 것은 내 취미이자 흥미로운 놀이고, 스코틀랜드 역사하면 빠지지 않는 칼라브록 성도 주변에 있어 방문하고 싶었다. 근처에서 열리는 히피 축제의 끝판왕 '이든 페스티벌Eden festival'까지 운이 좋게도 날짜가 딱 들어맞았다. 첫날 칼라브록 성에 들렀다가 돌아오는 길에 노년의 부부를 만났다. 앞에 걷던 부부가 속도를 늦추더니 내 발걸음에 맞추어 걸으며 물었다.

"학생인가요? 우리는 독일에서 왔어요."

작정하고 한국을 떠나와 앞으로 1년이 넘는 예술 여행을 할 것이라 설명 드렸더니 에든버러에서 악기상을 운영하는 딸 전화번호를 내 손에 쥐어주며 시간이 되면 꼭 찾아가 보라 하셨다. 자신의 딸도 언젠가 이런 여행을 떠나겠다고 말한 적이 있는데 그때 부부는 허락해 주지 않았다고 했다. 나를 통해 딸을 보는 것 같아 왠지 노부부가 정겹게 느껴졌다.

다음 날, 숙소에서 10마일 정도 떨어진 모팻츠라는 곳에서 열리는 이든 페스티벌 가는 버스에 올랐다. 나와 목적지가 같은 가족 한 팀과 축제 기간에만 임시로 멈춘다는 정류장에서 같이 내려 축제 장소까지 함께 걸었다. 이전 직장에서 직원들이 꿈꾸는 축제를 한번 만들어 보자는 경영진의 제안이 있었다. 나는 오래 전부터 만들어 보고 싶었던 어린이 축제를 기획했다. '슈퍼캐슬'이라는 이름의 가족 캠핑 축제였는데, 기획하

나를 통해 자신들의 딸을 생각하는 노부부의 뒷모습에서

왠지 모를 정겨움이 느껴졌다. 언젠가 다시 만날 것 같은 예감이 들던 순간이다.

는 과정에 미국과 영국의 다양한 캠핑 사례를 살펴보았다. 인터넷으로 캠핑 축제들을 접하며 사무실을 뛰쳐나와 축제가 열리는 곳으로 달려가고 싶었던 기억이 난다.

클릭 한 번에 전 세계 모든 축제를 눈으로 감상할 수 있는 구글 세상을 떠돌다가 이든 페스티벌 현장에 직접 발을 들여놓다니 이게 꿈이야 생시야 하며 애먼 눈만 비벼댔다. 신발 끈을 풀고 양말까지 벗어 던지고 맨발로 뛰었다. 이것이 꿈이 아니라는 걸 손바닥 발바닥 피부로 최대한 느끼고 싶었다. '이든'은 에덴동산의 초자연을 의미했다. 신발을 벗자마자 이든 페스티벌이 지상 낙원임을 확실히 실감했다.

그동안 수없이 참여하고 기획했던 한국의 축제와는 많이 달랐다. 모든 게 새롭고 인상 깊었다. 특히 눈에 띄었던 차이점이 몇 가지 있었는데 그 첫 번째는 축제를 즐기는 사람들의 개성이었다. 비슷한 캠핑 장비, 유행을 쫓아 다니는 한국의 단조로운 축제 모습과 달리 이들이 가진 자유분방함은 축제를 다채로운 색으로 물들였다. 입고 마시고 춤추고 뛰어노는 한 명 한 명과 달리 즐기는 방법, 스타일 그 어떤 것도 누구의 눈치도 보지 않고 자기 자신의 흥에 온전히 집중했다.

두 번째는 가수들의 인지도에 따라 큰 무대, 작은 무대 혹은 메인 무대, 서브 무대로 나누어 프로그램을 라인업 하지 않았다는 것이다. 서브 무대의 공연들이 훨씬 더 친밀하고 매력 있었다. 유명한 가수가 작은 천막 안에서 공연하고, 하루 전에 앨범을 낸 신인이 메인 무대를 장악했다. 이든 페스티벌 안에서 관객도 공연자도 모두 평등하고 자유로웠다.

모든 안내 표지판을 나무에 직접 손으로 쓰고 그려 제작해 걸어 둔 것도 매력 있었다. 한 번 쓰고 버리는 현수막, 조금이라도 환경을 훼손할 수 있는 재질의 시설물은 애초부터 사용하지 않았다. 프로그램이 바뀌면 페인트를 덧칠하고 다시 쓰면 됐다. 그 모습까지 축제의 아름다운 한 장면이었다.

햄버거를 사려고 기다리고 있는데 누군가 나를 부르는 소리가 들렸다. 칼라브록 성에서 만났던 노부부였다. 이곳에서 다시 만날 거라고는 상상도 못 했다. 아무래도 우연히 만난 인연들이 이번 여행에 자꾸자꾸 무엇인가 만들어 낼 것 같다는 행복한 예감이 들었다. 야간 프로그램도 참여하고 싶었지만 하루에 다섯 번만 운행한다는 버스를 놓칠까 애가 타서 발걸음을 옮겼다. 임시 승강장이 어딘지 몰라 헤매고 있을 때 낮에 버스에서 만난 가족이 멀리서 나를 향해 이리 오라고 손을 흔들었다. 안전하게 버스를 타고 기분이 좋아져 한국에서 챙겨온 여행 리플릿을 꺼내 드리며 내 소개를 했다. 다음 날 아침 그가 내게 보내온 메일을 읽기 전까지는 나는 우리의 만남이 잠시 스쳐간 인연이라 생각했다. 그는 글라스고 대학교의 환경학과 교수님이었다. 나의 여행에 도움이 될 스코틀랜드 사례와 가 볼 만한 좋은 축제, 그리고 올해 환경예술축제의 총감독을 소개하고 연결해 주는 메일이었다. 첫 여행지인 스코틀랜드, 모니아이브에서 굉장히 즐거운 일들이 벌어질 것만 같았다.

숲 속 한가운데 한여름의
이든 페스티벌이 자리했다.
사진으로만 보고 상상
속에만 있던 축제가
눈앞에 펼쳐졌다.

축제에서 다른 이의 시선을
의식하는 사람은
단 한 명도 없었다.
즐기는 일에 집중하며
자유 속에 몸을 맡겼다.

마음으로 지어진 마을, 모니아이브 페스티벌 빌리지

한 번도 가 본 적 없는 낯선 곳에 나를 반겨줄 누군가가 있다는 것이 신기하고 감사한 아침이었다. 꼬불꼬불 작은 오솔길을 한 시간 반쯤 달려 버스에서 내렸다. 시상식 날 저녁 잠깐 만났던 팀이 길 건너에서 손을 흔들었다. 동네에 하나뿐인 슈퍼마켓 사장님 그리암도 함께 서 있었다. 이미 시상식장에서 한 번 만난 덕분에 반갑게 인사하며 서로의 안부를 물었다.

팀은 나를 펍으로 안내했다. '모니아이브 페스티벌 빌리지'는 어떤 단체며 조직은 어떻게 구성되어 있는지 또 규모는 어느 정도인지 궁금했다. 그런데 사무실이 아닌 펍으로 안내를 받고 나자 괜히 의심스럽고 불안해졌다. 이런 내 얼굴을 읽었는지 팀은 차분히 설명을 시작했다.

'모니아이브 페스티벌 빌리지'는 모니아이브의 다양한 모임 중 하나로 마을의 이벤트와 축제를 담당하는 주민 모임이라고 했다. 수와 함께 모임의 리더 역할을 하고 있는 팀은 동네에서 펍과 호텔을 경영하며 펍을 사무실처럼 쓰고 있다. 내가 생각했던 사업장 또는 단체의 개념과 전혀 달랐다. 마을은 다양한 모양으로 구성된 하나의 유기체 같은 공간이었다. 다채로운 모임이 상호 작용하며 마을에 필요한 일들을 모두 자체적으로 해결했다. 내실이 얼마나 알찬지 알기도 전에 규모와 예산으로 사업을 평가하는 삐뚤어진 시선이 고질병처럼 튀어나왔다. 팀의 설명을 모두 듣고 나자 부끄러워졌다. 모니아이브라는 마을의 작은 주민 모임이 큰 규모의 공모에 참여하고 수상자가 될 수 있다는 사실이 놀라웠다.

꽉 찬 내실로 승리한 모니아이브가 자랑스럽고 참가 기준의 문턱을 낮춘 주최측의 심사 기준 또한 멋지다.

팀의 펍만 봐도 모니아이브가 얼마나 사랑스러운 마을인지 알 수 있었다. 10년이 넘어 보이는 콘서트 포스터가 벽 곳곳에 붙어 있고 손때 묻은 기타, 줄 끊어진 만돌린, 호기심을 자극하는 낯선 악기들이 여기저기 걸려 있었다. 동네 예술가들이 그린 그림들도 구석구석 벽을 채우고 있었다. '나 좀 제발 쳐줘요' 하고 입을 쩍 벌리고 있는 피아노는 방금 전 누군가 한바탕 신나게 연주를 하고 난 것 같았다. 펍 구경에 푹 빠진 내게 팀은 정말 궁금한 표정으로 물었다.

"대체 이 마을에서 뭘 하고 싶은 거니?"

천진난만하게 웃으며 나는 "아무것도 안 할 거예요!"라고 대답했다. 여행 떠나겠다고 선언했을 때의 아빠 표정과 내 대답을 들은 팀의 표정이 비슷했다. 유쾌한 팀은 나의 짧은 대답을 듣자 "넌 오늘부터 모니아이브 사람이야!"라고 소리쳤다. 그리고 5초 정도 생각하더니 나와 함께 살기에 딱 좋은 가족들이 있다며 잠시 기다리라는 말을 하고는 문을 열고 뛰쳐나갔다.

5분이나 지났을까, 유쾌 발랄한 노부부가 문을 열고 들어왔다. 우리는 눈이 마주치자마자 '빵!' 하고 웃음보가 터졌다. 이게 우리의 첫인사였고 대화였다. 한국을 떠나 온 지 열하루 만에, 마을에 들어온 지 10분 만에, 3개월간 함께 살 나의 가족을 찾았다. 골든 할아버지와 마가렛 할머니는 내 짐을 나누어 지고 함께 집으로 향했다. 서로 아직 서먹했지만 손가락에 침을 묻혀 허공에 계약서를 쓰고 가족처럼 함께 살기로 약속했다.

할아버지는 도자기에 그림을 그리는 화가였고, 할머니는 책 한 권을 쓰신 작가지만 지금은 글보다는 뜨개질의 달인이시다. 짐을 풀기도 전에 팀의 딸 그레이스가 할아버지 집에 왔다. 모니아이브의 가이드가 되어 주겠다며 마을 소개에 나섰다. 열일곱 정도 되어 보이는 그레이스에게서 차분함과 건강함이 느껴졌다. 그를 따라 마을 한 바퀴 돌고 펍에 도착하니 일을 마친 마을 사람들이 한두 명씩 모여들었다. 페인트칠을 하다가 온 아저씨는 피아노 앞에 앉더니 재즈를 연주하셨고, 맥주를 마시던 백발의 할아버지가 피아노 소리에 기타를 드셨다. 2층에서 신나게 달려 내려오는 팀이 음악에 맞추어 춤을 추고 노래를 했다. '예기치 않은 것들을 기대하라Expect the unexpected!'라는 슬로건을 가진 '모니아이브 페스티벌 빌리지'에 도착한 첫날부터 예기치 못한 일들이 빵빵 터진다. 페스티벌은 이미 시작되었다.

천진난만한 아이들이 잔디밭에서
장난을 치고 놀고 있다. 좁은
골목길은 양떼들이 죄다 차지하고,
널따란 언덕에는 소들이 한가로이
풀을 뜯는다.

스코틀랜드의 작은 예술마을 모니아이브

스코틀랜드 남서쪽 덤프리스갤로웨이 주에 위치한 모니아이브는 주민 600여 명이 살고 있는 작은 마을이다. 금방이라도 오를 수 있을 것 같은 완만한 경사의 언덕과 두 개의 큰 물줄기가 동네를 감싸 흐른다. 지반이 약해 농사를 지을 수 없어 광활한 언덕들은 양과 소가 주인이 되어 차지하고 있다. 양떼가 한가로이 풀을 뜯고 있는 풍경은 여유로운 모니아이브의 이미지를 대표한다. 언덕과 언덕을 구분하기 위해 만들어 놓은 100년이 넘은 돌담 다이크를 따라 언덕 뒤편까지 내려가면 계곡물이 콸콸 흐르는 물줄기와 다시 만난다. 물길 따라 발길을 옮기면 나무 냄새 진동하는 울창한 숲과 연결된다. 숲의 끝은 뒷동네 틴론의 시작이다. 온통 살아 숨쉬는 나무와 물로 가득 찬 동네 모니아이브, 그야말로 한폭의 그림을 현실에 옮겨 놓은 마을이라 해도 과언이 아니다. 창작의 영감을 마구 던져주는 동화 같은 마을에 예술가들이 많이 모여 산다는 것은 이상한 일이 아니다. 모니아이브의 풍요로운 풍경은 많은 예술가를 불러들였다. 한 집 건너 한 집이 예술가이다 보니 자연스럽게 서로의 활동을 지원하고 협력하면서 자발적인 예술가 모임도 생겨났다. 유난히 흥이 많은 동네 사람들의 성격 때문일까, 모니아이브에는 예술가 모임 외에도 주민들이 스스로 만든 모임이 무척이나 많다. 마을의 축제와 이벤트를 담당하는 모임 '모니아이브 페스티벌', 빨간 다람쥐를 지키는 모임 '빨간 다람쥐', 동네의 공공 정원을 가꾸는 모임 '코리의 가든', 마을 수리와 보수를 책임지는 모임 '모니아이브 이니셔티브', 동네 어린이들을 위한 학부모 모임 '모니아이브 놀이 지킴이' 등이다. 모든 그룹의 자발적 활동은 옹기종기 더불어 살아가려는 이 마을 사람들의 생활 방식이다. 모니아이브 근처에는 예술가들만 모여 사는 커쿠브리라는 예술마을도 있다. 스코틀랜드 20세기를 대표하는 예술가와

학자들이 이곳에 여름 별장을 짓고 여름마다 방문하며 작업을 하다가
은퇴한 뒤에는 커쿠브리로 돌아와 꾸준히 작품을 선보이며 유명해졌다. 이후
많은 관광객과 예술 지망생이 찾아 오면서 지금은 스코틀랜드를 대표하는
예술마을이 되었다. 자연이 좋아 자연스럽게 예술가들이 모여든 곳이
모니아이브라면 커쿠브리는 유명 예술가들이 하나둘씩 모여든 뒤 그 유명세로
만들어진 동네라 할 수 있다. 조금 다른 형태로 만들어졌지만 마을을 가꾸고
아름답게 유지하려는 주민들의 적극적인 태도와 진정성은 두 마을 모두 같다.

– 모니아이브 홈페이지: moniaive.org.uk

– 커쿠브리 홈페이지: www.kirkcudbright.town

미완성인 채로 둬도 괜찮아

이른 아침 언덕에 올라 세월의 풍파를 다 겪었을 돌담에 기대고 서서 마을을 내려다보았다. 알알이 박혀 있는 집들 속에 아옹다옹 얽혀 있을 모니아이브 동네 사람들의 '사는 이야기'가 궁금해졌다. 완전히 다르게 살아 온 내가 이 마을의 일원으로 어떻게 온도를 맞추어야 할까, 무엇부터 시작해야 할까, 조금 막막했지만 흥분되고 흥미로운 일임은 확실했다. 발 밑에서 풀을 뜯고 있던 양 한 마리가 느긋하게 고개를 들더니 나를 쳐다보며 조급해 하지 말라는 신호를 보내는 듯했다. 천천히, 억지스럽지 않게 살며시 스며드는 것이 모니아이브식 마을살이라며.

언덕에서 내려와 수를 만나러 펍으로 향했다. 수상 후 어떤 일을 할지 궁금하다고 했더니 흔쾌히 설명해 주겠다고 했다. 펍으로 가는 길, 마을 창고에서 공사 소리가 들렸다. 지난 저녁 페인트칠하다 펍에 와 작업복을 입고 멋지게 피아노를 치던 피트가 창고 바닥 수리를 하고 있었다. 재즈 피아니스트인 그는 공연이 없을 때에는 주로 마을의 일을 돕는다. 이번 작업은 창고를 조금 더 손봐서 소극장으로 만들겠다는 마을의 야심 찬 계획이었다. 피아노를 치던 피트의 손이 거친 나무를 자르고 있었다. 무대 위에서 연주하고 춤추며 삶을 나눌 모니아이브 동네 사람들의 모습이 벌써 눈에 아른거린다.

펍에서 만난 수는 무척 분주했다. 5만 파운드를 받았는데 가장 먼저 무엇부터 할 거냐는 질문에 수가 대답했다.

"사람들을 만나야지! 지원금은 모두 동네 사람들을 위한 거니까, 그들에게 어떻게 하면 좋을지 묻는 게 가장 먼저 아닐까? 우리는 단지 이 사업을 통해 마을의 한 사람 한 사람이 행복했으면 하거든. 그래서 주민들의 이야기를 충분히 듣는 시간을 마련할 거야. 마을 사람들 모두의 이야기를 듣기 전까지는 그 어떤 것도 우리 마음대로 미리 정하지 않을 예정이야."

마을 일을 대하는 모임 리더들의 태도와 신념, 진행 방식을 듣고 나니 그의 분주함이 어느 정도 이해되었다. 예산이 편성되면 실행계획서를 만들어 부랴부랴 주민 공청회를 열고 일방적인 브리핑을 했던 지난 날들이 떠올랐다. 빈틈없이 짜여진 계획은 의견을 들어 보자고 만든 공개 모임인 공청회의 본질을 흐리곤 했다. 첫날의 공청회가 삐걱하고 소리가 나면 이후부터 소통은 팽팽한 줄다리기 싸움이 되어 프로젝트를 마무리 짓는 날까지 마음이 불편했던 기억이 났다. 주민들의 입장에서만 생각하다 보면 애초 계획했던 사업이 엉뚱한 방향으로 갈 수 있지 않느냐는 우려의 말에 수가 대답했다.

"우리는 지원금을 받기 위해 계획서를 쓸 때 앞으로 무엇을 하겠다고 하는 구체적인 프로그램을 쓰지 않았어. 물론 지원금을 받기 위해 계획을 세우긴 했지. 하지만 그건 계획일 뿐이야. 우리 동네가 가지고 있는 다양한 형태의 자원을 충분히 설명하고 이것들을 어떻게 주민들과 잘 연결할 수 있는지, 마을이 가진 다양한 모임의 연결에 중점을 두고 작성을 했어. 평가도 아마 그런 기준에 맞추어 이루어졌을 거야."

명확한 사업 프로그램과 철저한 수행 계획이 크게 의미가 없다는 이야기였다. 상금 5만 파운드의 본질은 주민들이 살아가는 과정에 대한 응

피트는 이렇게 일하다가 잠시 짬이 나면
어김없이 작업복을 입은 채로 피아노 앞에
앉았다.

편지를 접는 마을 사람들의
야무진 손끝에는 모니아이브에
살고 있다는 자부심이
옹골지게 묻어났다.

원이었다. 미완성인 채 두는 것, 그럼에도 서로 믿고 의지하며 걷는 것, 그것이 이들이 상금을 사용하는 방식이고 사업을 대하는 마음가짐이었다.

수는 종이 상자 하나를 내게 내밀더니 마을 주민들에게 돌릴 편지 작업을 도와줄 수 있냐고 물었다. 600통 넘는 편지를 예쁘게 접어 봉투에 넣는 작업이었다. 편지를 찬찬히 읽어 보았다.

주민 여러분 축하해 주세요!
우리 마을이 우승해서 상금을 받았답니다.
이 돈을 어떻게 쓸지 마을회관에서 함께 이야기 나누려 합니다.
기다릴게요! 꼭 오세요.
−모니아이브 페스티벌 빌리지

일주일 뒤 마가렛 할머니와 함께 사업 설명회를 찾았다. 카페처럼 테이블과 의자가 여기저기 안락하게 배치되어 있고, 벽면은 그동안의 모니아이브 축제 사진과 주민들의 메모로 가득 차 있었다. 입구에서 가장 멀리 떨어진 테이블에는 이번 공모 우승의 숨은 공로자 수와 팀이 앉아 있었다. 행사 시작 시간이 지났는데도 어느 누구 하나 마이크를 들고 사회를 보지 않아 수에게 가서 언제 시작하는지 물었더니 이미 시작했다고 말했다. 그럼 언제 끝나느냐고 했더니 하루 종일 할 거라 했다. 모니아이브식 사업 설명회는 담당자가 마이크를 들고 나와 브리핑을 하는 것이 아니라 하루 종일 동네 마을회관 문을 열어놓고 그야말로 카페에 놀러 오듯 주민들의 이야기를 듣는 방식이었다. 궁금한 게 있으면 주민들은

살아 있는 말들이 오가는 시간,
사업 설명회를 대하는 수의 모습이
무척이나 아름답다.

사업 설명회장 입구를 지키던 분들은
마을에서 가장 나이가 많은
어르신들이었다.
살면 살수록 마을이 점점 더
좋아진다는
그들의 말에 내 삶터 서울과
내 고향 해남이 차례로 떠올랐다.

수와 팀에게 직접 가서 물었다. 커피를 마시며 자연스럽게 오가는 이야기에는 사업에 대한 의견보다는 요즘 사는 이야기가 더 많은 듯했다. 수업하듯 진행하던 한국의 주민 공청회, 의견이 있는 주민들은 손을 들어 발언권을 얻고 마이크에 대고 이야기를 하던 그 공간에서 나는 마이크의 증폭된 소리가 늘 불편하고 조심스러웠다. 수와 팀은 마이크 대신 서로의 눈을 마주 보며 하루 종일 이웃의 이야기를 들었다. 마감 시간도 정해 놓지 않고 놀듯 쉬듯 말이다. 그날의 '하루 종일'은 애틋함과 진심의 시간이었다.

앞으로 3개월은 사업을 구상하고 주민들의 아이디어를 듣고 모으는 작업이 주가 될 시간이었다. 사업이 제대로 펼쳐지는 것은 아쉽게도 내가 떠난 가을부터 이듬해까지라고 했다. 사업 과정을 직접 겪어 보지 못하는 것이 내심 아쉬웠지만, 그 시작 단계에 참여하는 것만으로도 참 감사한 일이었다. 수는 나에게 동네에 다양한 모임이 있으니 최대한 시간을 내어 활동하라며 귀띔해 주었다.

주민이 의견과 아이디어를 직접 써서 붙이도록 준비해 둔 곳에 할머니와 함께 앉아 종이를 채우고 있으니 한 명, 두 명 마을 주민들이 곁에 모여들었다. 이방인인 나 때문이었다. 어떻게 이 작은 마을까지 들어왔냐고 웃으며 허물 없이 인사를 건넸다. 커피를 들고 쿠키를 나누어 먹으며 그 자리에서 많은 이야기를 나누었다. 동네 예술가들도 많이 만났다. 작업장에 초청을 받아서 한 분 한 분 찾아 뵙기로 약속했다. 걷기 모임의 데이비드 아저씨는 매주 화요일 마을을 걷는데 함께하지 않겠냐고 물어 봐 얼떨결에 그러겠다고 했다. 무엇을 해야 할까 고민했던 3개월이 금세

하고 싶은 것들로 꽉 채워졌다. 수가 말한 대로 부지런히 마을을 돌아다니며 많은 사람들을 만나야겠다. 언덕에서 만났던 양떼들이 내게 속삭이던 말, 천천히 스며들라는 그 말이 무슨 뜻인지 이제는 조금 알 것 같았다. 욕심내지 말고 여유롭게 지내자 마음먹었다.

가장 빛나는 날은 언제나 오늘

모니아이브의 집 주소는 참 특이했다. 번지수 대신 집마다 고유한 이름이 있었다. 예를 들면 기찻길 옆에 있는 집은 '기찻길집', 돌로 만든 집은 '큰돌집', 장미넝쿨이 담벼락을 에워싼 집은 '장미넝쿨집'이라 불렀다. 숫자로 부르는 것보다 훨씬 더 정감 있고 좋았지만 우체부 아저씨는 어떻게 집을 찾나 궁금해 할머니께 여쭈었더니 그게 이 동네 신입 우체부들의 관문이라 하셨다. 집 이름을 하나씩 외우는 게 재미있어서 나는 마을 지도를 그리기 시작했다. 그리고 유난히 예쁜 이름과 어울리는 집들은 스케치도 하나씩 해 나갔다. 연필로 따라 그리다 보면 어느새 동네에 자연스럽게 스며드는 것 같아 마음이 참 좋았다.

피트의 작업이 끝났다고 해서 마을 극장에 들렀다. 피트는 조명과 테이블을 정리하고 있었는데 7시부터 동네 음악 퀴즈쇼가 있으니 시간 맞추어 할아버지 할머니랑 꼭 놀러 오라 했다.

퀴즈쇼는 동네에 하나 있는 슈퍼마켓 주인 그리암이 디제이가 되어 진행하는 것이었다. 저녁을 먹고 극장을 찾았다. 먼저 온 마을 사람들은 화덕에 구운 피자에 와인을 한잔씩 걸치며 한껏 파티 분위기를 내고 있었다. 잠시 후 멋지게 차려 입은 그리암이 등장했다. 이날만큼은 슈퍼마켓 계산대가 아닌 턴테이블 앞에서 멋진 디제이가 되었다. 1970~1980년대 노래들을 선정해 일정 구간을 10초 정도 들려 주고 노래의 제목이나 가사를 맞추는 방식이었다. 그리암의 능숙한 입담으로 퀴즈쇼 분위기는 후끈 달아올랐다. 가장 많이 맞춘 팀은 그리암이 슈퍼마켓에서 가지고 온 생필품을 상품으로 타 갔다. 팝송에 무지한 나 때문에 우리 팀은 꼴찌를 면치 못했지만, '강남스타일' 노래가 나왔을 때 그 문제만큼은 할아버지께 자신 있게 답을 써드렸다. 그리암은 한국에서 온 나를 위해 낸 문제라며 마을 주민들에게 내가 테이블에 올라가서 강남스타일 노래에 맞추어 춤을 추면 보너스 점수를 줘도 되냐며 알궂은 질문을 했다. 모두가 한껏 즐기는 분위기를 깰 수 없어 한바탕 춤을 추고 내려왔다. 퀴즈 쇼가 끝나도 디제이의 훌륭한 선곡은 멈출 줄 몰랐다. 밤이 깊도록 극장에서 모두 함께 손을 잡고 춤을 췄다. 모니아이브의 소극장은 주민들의 삶 속에서 생기 있게 꽃피우기 시작했다.

걷기 모임에 참여하겠다고 약속한 뒤, 매주 화요일 아침에는 60대 아주머니 대여섯 명, 그룹의 청일점인 데이비드 아저씨와 동네 곳곳을 걸었다. 어떤 날은 갑자기 비가 쏟아져 어느 집 처마 밑에서 간신히 비를 피하고 있는데 데이비드 아저씨가 이야기를 들려 주었다.

"여러분, 여기가 바로 찰리 채플린의 아들이 신혼여행 와서 첫날밤을 지낸 집입니다. 바로 저 방이에요! 달콤하지 않나요?"

비가 그쳐 또 한걸음 걷다 보면 스코틀랜드 역사 이야기가 자연스럽게 흘러 나왔다. 아저씨는 큰 돌무덤 앞에 서서 말씀하셨다.

"5년 전만 해도 이 뒤로 몸을 낮추어 들어가면 땅굴이 하나 있었어요. 영국군과 싸우던 당시, 스코틀랜드 군인들이 몸을 숨긴 곳이에요."

동네에서 나고 자란 아저씨의 이야기들은 정말로 살아 있는 이야기였다. 매주 화요일, 데이비드 아저씨와 함께한 동화 같은 걷기 여행은 끝나는 시간이 될 때면 늘 아쉽기만 했다.

어느 날 수가 내게 연락을 해왔다. 마을 사람들이 나에 대해서 궁금해 한다는 소식이었다. 지난 주 퀴즈쇼에서 넋 놓고 춤췄던 게 너무 튀었나? 아무데나 앉아서 그림 그리고 노래 부르고 다녀서 이상한 사람이라고 생각한 건 아닐까? 걱정 어린 목소리로 물었더니 수가 말했다.

"아마도 사람들이 너와 친해지고 싶은가 봐. 모니아이브에 왜 왔는지, 무엇을 하고 싶은지, 언제까지 있다가 떠나는 건지 궁금해 하는 것 같아. 그래서 말인데, 우리 동네 신문에 네 소식을 올려보는 것은 어때?"

마을을 대표하는 신문에 내가 기사를 쓸 만한 자격이 되나 자신이 없어 거절하려 했는데, 이미 책 한 권을 쓰신 할머니는 자기가 모든 것을 돕겠다며 무조건 해 보라고 하셨다. 일주일 후 신문이 나오고 나는 동네 반짝 스타가 되어 버렸다. 지나가는 사람들마다 활짝 웃으면서 "한국에서 왔지? 용감한 여행을 하네!" 하며 안부를 물었다. 그러다 보니 길 위에 서서 동네 사람들과 이야기하는 일이 잦아졌다. 언덕 위에 올라 돌담에 기대 서서 마을을 내려다보던 날이 떠올랐다. 넘겨도 넘겨도 끝이 없는 동네 이야기 속, 그 한쪽에 나를 위해 그들의 페이지를 내어준 것, 이렇게 천천히 동네의 일원이 되어 간다는 것이 고맙고 행복했다.

사람은 자기 속에 든 것만큼 생각하고 행동한다고 했다.
데이비드 아저씨의 마음속엔 무엇이 그렇게 가득 들었길래
동네의 하찮은 돌멩이, 들풀 하나까지 사랑하실까.

그럼에도 불구하고, 음악가 로드니 깁슨

내 이름 '우연'처럼, 내 인생에는 끝없이 우연 같은 일들이 벌어졌다. 모니아이브에서도 좋은 우연이 많았다. 산책 중 우연히 알게 된 앤 아줌마의 소개로 최고의 음악가를 만난 것 역시 그렇다. 동네를 걷다 여느 날과 달리 꽤 먼 곳까지 가게 되었고 공원인 줄 알고 들어선 정원에서 앤 아주머니를 만났다. 대저택 앞에 있던 공원은 앤 아줌마의 개인 정원이었는데 이곳까지 온 김에 차 한잔 하고 가라며 저택으로 나를 안내했다. 아줌마는 내가 예술가들을 만나고 다닌다는 사실을 알고 있다며 런던 로얄오페라하우스 합창단에서 지휘자이자 바리톤으로 활동했던 로드니 깁슨을 소개해 주겠다고 하셨다.

다음 날 오후 2시, 매일 아침 조깅하며 수없이 지났던 초록색 펜스로 둘러싸인 하얗고 큰 집, 로드니 깁슨 아저씨의 대문 앞에서 앤 아주머니를 만났다. 그가 파킨슨병으로 더 이상 지휘를 할 수 없어 모니아이브로 돌아왔다는 이야기를 전날 앤 아줌마에게 전해 듣고 혹시라도 우리 방문이 그를 번거롭게 하는 게 아닐까 걱정하기도 했는데 자상하게 맞아주는 모습에 마음이 놓였다. 성악을 전공한 아저씨는 졸업 후 합창단으

로 잠시 활동하다 성악 인재들을 가르치는 데 집중하셨다. 이후 런던 로
얄오페라하우스 합창단의 지휘자가 되어 오랜
시간을 그곳에서 보냈다.

앤 아줌마가 아저씨를 대신해 차를 내어
오셨고, 우리는 차와 함께 음악 이야기를 나
누기 위해 아저씨의 스튜디오로 자리를 옮겼
다. 햇빛이 비치는 가장 좋은 창가 자리에 그
랜드피아노가 있고, 젊은 시절 벼룩시장에서
구입했다는 LP와 CD 음반, 전문 서적이 한
쪽 벽면의 수납장을 꽉 채우고 있었다. 아저
씨가 참여했던 지난 공연 프로그램북은 그
의 손이 가장 잘 닿는 자리에 차곡차곡 꽂혀
있었다. 책장에 꽂힌 프로그램북 중 하나를 펴 들며
유명 성악가들과 함께 공연했던 날들의 기억을 더듬어 이야기해 주셨다.
그의 시선이 출연진 이름과 사진이 있는 페이지에 머물다가 루치아노 파
바로티 사진에서 멈추었고 이내 떨리는 손으로 그 옆에 나란히 있는 자
신의 모습을 정확하게 짚었다. 흐뭇하게 웃는 아저씨의 사진 속 얼굴을
보고 있으니 여러 생각이 들었다. 누구도 시간을 거스를 수는 없지만 그
시간 속에 우리가 기억하고 싶은 것들을 마지막까지 지켜내는 힘은 결국
스스로의 의지와 간절함이 아닐까? 지쳐가는 몸에도 아저씨의 강인한
의지가 붙들고 있는 소중한 것들이 보이는 듯했다.

아저씨는 불편한 움직임으로 천천히 걸어 피아노 앞에 앉으셨다. 오

른손의 손가락은 거의 마비되어 펴지지 않는 상태이고, 왼손은 그나마 손가락 마디가 움직였다. 아저씨의 손가락이 불안해 피아노 소리가 제대로 들리지 않았다. 그때 있는 힘껏 팔목의 힘으로 누르자 굽었던 손가락이 피아노 건반에서 자유자재로 움직였다. 그만 눈물이 왈칵 쏟아져 버렸다. 나와 앤 아줌마는 아저씨의 훌륭한 연주에 집중했다. 아저씨는 앤 아줌마에게 들고 있는 LP판을 턴테이블에 올려 달라고 눈짓을 보내셨다. 지지지직 하는 소리와 함께 흐르는 음악에 아저씨의 피아노 소리가 덧입혀져 조화를 이루었다. 아저씨가 그 음을 따라 씩씩하게 노래하기 시작했다. 돌고 도는 턴테이블 위의 LP판이 시간을 거슬러 아저씨를 가장 건강했던 시절로 데려다 주는 듯했다.

　　연주가 끝난 후 갑자기 나에게 피아노를 칠 줄 알면 한 곡만 쳐 달라고 부탁하셨다. 괜히 피아노를 배웠다고 이야기했나 싶어 못 하겠다고 하자 아저씨는 "오늘 이 피아노는 너의 것이야. 틀려도 괜찮으니 아무거

나 한번 쳐봐" 하며 재차 권하셨다. 앤 아줌마까지 박수를 쳐서 어쩔 수
없이 피아노 앞에 앉았다. 열세 살까지 배우다 만 부끄러운 손을 건반 위
에 얹었다. 가장 경쾌한 음악을 들려 드리고 싶어 기억을 더듬어 노영심
의 '학교 가는 길'을 쳤다. 민중가요도 부탁하셔서 양희은의 '아침 이슬'
까지 연주했다. 부담으로 가득 찼던 내 손가락도 건반 위에서 사르르 풀
렸다. 지금까지 쳐 본 피아노 건반 중 가장 무거웠지만 가장 황홀했다.

　우리는 다음에 다시 한 번 드레스와 턱시도를 차려 입고 만나자 약
속한 뒤 아쉬운 인사를 건네며 헤어졌다. 헤어지기 전 "아름다운 음악만
큼 아저씨의 삶도 아름다워요"라고 말씀드렸다. 집에 돌아와 아저씨를
떠올리며 진지하게 기도했다. 시간이 지날수록 아저씨의 몸은 더 불편해
질지도 모른다. 그럼에도 불구하고, 아저씨의 음악에 대한 열정과 영혼은
결코 빼앗아 가지 말아 달라고, 먼 훗날, 또 한 번 이곳 모니아이브를 찾
았을 때 꼭 다시 뵐 수 있게 해달라고 마음으로 빌었다.

온 동네가 잔치, 갈라데이

스코틀랜드에서는 8월 내내 마을마다 돌아가며 '갈라데이'라는 축제를 연다. 탄광촌에서 일하는 광부들에게 1년에 두 번 법적으로 휴식할 수 있도록 만든 것이 갈라데이의 시작이다. 탄광촌이 없어진 지금은 밝고 경쾌한 마을의 연례행사가 되었지만 처음에는 광에서 언제 죽을지 모르는 동료와 가족을 위해 안녕을 빌던 의미심장한 날이었다. 내가 어렸을 적, 우리 시골 마을에도 한여름 모내기를 마치면 동네 사람들이 모두 당산나무 아래 모였다. 고된 노동 뒤 두런두런 둘러앉아 막걸리 한잔씩 걸치고 있으면 풍물대가 풍악을 울렸다. 동그랗게 서서 춤을 추던 그 날이 바로 우리 마을 갈라데이였다.

갈라데이에 참여하면 모니아이브를 다 이해할 수 있을 거라는 수의 이야기는 거짓말이 아니었다. 이른 아침에 할머니와 함께 애나의 집으로 갔다. 삼바 팀에서 연주를 하며 퍼레이드 행렬에 서기로 했기 때문이다. 삼바 팀 콘셉트는 외계인이었다. 한 번도 만져 보지 않았던 악기로 생소한 리듬을 연주하며 걸어가기가 쉽지 않았지만 못하면 못하는 대로 그냥 놀면서 외계인처럼 걸으면 된다고 했다. 즐길 준비와 함께 완벽한 연습을 마친 우리 팀은 악기를 둘러메고 퍼레이드가 시작하는 곳으로 갔다. 스폰지밥으로 변장한 가족, 비틀즈를 모방한 초등학생 밴드, 피오나 공주 인형을 들고 나온 슈렉 어린이 등 어른, 아이 할 것 없이 모두 멋진 변장이었다. 창고에 있던 트럭들도 화려한 깃털을 달고 나왔다.

퍼레이드 출발 전, 갈라데이의 베스트 드레서를 선발했다. 발표를 앞둔 순간 긴장감이 흘렀다. 사회자가 "올해 최고의 의상왕은 슈렉입니다!" 하고 큰 소리로 외치자, 슈렉 분장을 한 다섯 살 아이가 기뻐하다 어쩔 줄 몰라 울음을 터트렸다. 그 틈을 타 스코틀랜드 전통 의상인 킬트를 입은 백파이프 부대가 퍼레이드 길을 열며 갈라데이의 시작을 알렸다. 그 뒤로 네 대의 트럭이 어린이 부대를 싣고 천천히 뒤따라 갔다. 아이가 있는 가족들은 유모차를 끌며 느긋이 걷고, 연세 든 분들은 서로 손을 잡고 씩씩하게 행진했다. 우리 삼바 팀은 행렬 중간에서 신명나게 연주하며 분위기를 띄웠다. 퍼레이드 내내 모금함을 든 사람이 구경꾼들 속을 돌아다니며 십시일반 동전을 모았다. 동네 당산나무라 할 수 있는 체리나무에 잠깐 멈춰 한바탕 춤을 추고 난 뒤 도착지인 운동장에 다다랐다.

갈라데이의 공식 프로그램은 지난해 동네 여왕이 올해 여왕에게 왕관을 전달하는 것으로 시작했다. 강아지 걷기 대회, 트랙터 운전해 보기, 활 쏘기, 축구, 마라톤 등 어린 시절 학교 운동회에서 했었던 것과 비슷한 프로그램을 마을 운동장에서 진행했다. 운동장 주변으로 동네 모임들의 홍보 텐트가 펼쳐졌다. 저마다의 활동을 소개하고 더 많은 주민들을 유치하기 위해 분주한 시간을 보냈다.

한 해 잘 살았다는 위로와 올 한 해도 잘 살아 보자는 다짐, 그 속에는 끈끈한 공동체의 힘이 있었다. 마을 잔치, 갈라데이가 내게 던진 이야기는 생각했던 것 그 이상이었다.

가까이에서 삶의 즐거움을 찾는 모니아이브 사람들,
이날을 위해 손꼽아 준비하며 기다렸을 그들의 마음에 눈이 간다.

창고에 처박혀 있던 고물 트럭도
옷장에 처박혀 있던 화려한 드레스도
오늘을 위해 짜잔 하고 1년 만에 거리로 나왔다.

기획자인 수와 팀은
운동장에 판만 깔았을 뿐
행렬도, 연주도, 홍보도,
진행도 모든 것은
마을 사람들이 직접
만들어 냈다.

멋지게 차려 입은 팀은 이날
누구보다 신나게 축제를 즐겼다.

갈라데이를 즐기면서 마음에 걸리는 부분도 조금 있었다. 축제는 운동장과 팀이 운영하는 펍 두 곳에서 동시에 진행했다. 그런데 사실 모니아이브에는 팀의 펍 외에도 펍이 하나 더 있다. 마을 입구에 있는 조지펍도 나름 운치 있고 멋진 공간이다. 축제 장소로 쓰인 팀의 펍은 축제 기간 동안 매출이 꽤 올랐다. 조지펍에도 어울릴 만한 프로그램을 배치해 장소를 확장하면 좋겠다는 생각을 했다. 또 노인 비율이 높은 모니아이브에는 몸이 불편하거나 치매 때문에 혼자 외출이 불가능한 분들이 많았는데, 이분들은 축제에 적극 참여하지 못해 안타까웠다. 모니아이브는 노인의 비율이 꽤 높은 동네다. 그들을 위한 배려 차원의 프로그램이 있었으면 하는 아쉬움이 남았다.

몇 달 뒤, 모니아이브를 떠나고 덴마크에 있을 때, 수의 연락을 받았다. 조심스럽게 전했던 내 말을 기억하고 다음 갈라데이의 프로그램을 보완했다는 소식이었다. 조지펍에서도 새로운 프로그램을 진행한다는 것과 노인들을 위해 마을 카페에서 정기적인 티 파티를 한다는 이야기였다. 위로와 공감이 있는 축제는 끊임없이 진화할 수밖에 없다. 모니아이브의 갈라데이는 매해 그렇게 성장하며 발전하고 있다.

환경예술축제를 기다리는 모니아이브의 자세

나는 회사 업무 빼고는 뭐든지 느린 사람이었다. 빠른 세상의 속도를 따라가려다 보니 늘 몸에서는 삐걱삐걱 신호가 울리고 마음에는 잔주름이 늘어 갔다. 서울 밖으로만 벗어나도 숨통이 트이는 경험을 몇 번 하고 난 뒤, 몸과 마음에 안정을 주는 곳에 자연스레 관심이 생겼다. 검색하다가 우연히 '스코틀랜드 환경예술축제' 사진과 자료를 보고 입을 다물지 못했다. 축제가 열리는 장소는 푸른 초원과 시퍼런 물이 쏟아지는 계곡이 어우러진 곳이었다. 예술 작품들은 자연의 일부처럼 곳곳에 널려 있었고 축제를 만드는 사람들은 모두 지역민이었다. 이런 곳에서 딱 하루만이라도 마음 놓고 쉬면서 예술 작품을 감상할 수 있다면 얼마나 좋을까 생각했다. 왜 한국에는 이런 축제가 없는지 막연한 부러움도 들고 기회가 생긴다면 꼭 한번 이런 축제를 만들어 보고 싶다는 생각까지 들었다.

모니아이브 동네에 들어온 지 벌써 두 달이 지났다. 책상 앞에 앉아 모니터만 주시하고 살던 내 눈과 몸이 점점 좋아짐을 느꼈다. 스코틀랜드에 살면서 안경을 쓰지 않아도 괜찮을 정도로 시력이 좋아진 건 정말 예상 밖의 일이었다. 둔하던 내 몸의 세포들은 바람결 하나만 스쳐도 소리를 지르고 요란을 피우며 반응했다. 행복한 순간을 만끽하고 있을 때즈음, 그렇게 참여하고 싶었던 환경예술축제가 한 달 앞으로 다가왔다.

아직 축제까지 한 달이나 남았는데도 모니아이브 마을에서는 환경예술축제를 위해 분주하게 움직였다. 걷기 모임은 데이비드 아저씨를 중심으로 매주 화요일마다 축제 장소인 몰튼성까지 걸었다. 동네에서 몰튼성까지는 7킬로미터 정도였는데 마을마다 지역민이 나와 동네의 지형과 역사 이야기를 생생하게 전해 주었다. 나이가 많아 걷기 힘든 노약자나 어린이들을 위해 마을에서는 트랙터를 운영했다. 참여 작가이면서 축제의 담당자이기도 한 로비와 조는 '탄소발자국 제로프로젝트Zero foot print'라는 환경 사진 전시를 4주 전부터 마을 전시관에 열고, 매주 축제의 주제와 방향성을 토론했다. 동시에 환경 관련 세미나와 국제 포럼을 개최하기도 했다. 또한 옆집 할아버지 덩킨과 배우 플로렌시아는 격주에 한번 앨링턴 하우스에서 열리는 핵 발전소 반대 회의에 참석해 이번 환경축제와 연계할 수 있는 프로그램들을 제안했다. 마을 곳곳에서 일어나는 이 모든 작업들은 축제를 위해 갑자기 만들어진 것이 아니었다. 그저 자신들의 영역에서 진행하고 있는 활동들을 축제 기간에 맞추어 자연스럽게 연계했을 뿐이다. 축제 홍보를 위해 사전 프로그램을 만들어야 했던 때가 떠올랐다. 지속 가능성에 대해서는 깊이 고민하지 않고 단지 사람들을 모으려고 만든 억지스러운 이벤트들이었다는 사실이 쓸쓸하다.

사전 프로그램에 참여하면서 많은 것을 느꼈다. 그중 가장 감명 받은 것은 축제를 대하는 사람들의 자세였다. 오고 가는 대화 속에서 그들이 생각하는 자연, 삶, 미래를 들여다 볼 수 있었다. 나에게도 이런 이웃이 있으면 얼마나 좋을까 생각했다. 하나의 축제를 두고, 자신들의 영역 안에서 함께 고민하고 만들어 가는 과정이 있는 축제, 환경예술축제에는 그런 쫀쫀한 힘이 존재했다. 축제 당일 몇 명이 오든 이미 과정에서부터 성공한 축제였다.

자연과 예술과 삶이 어우러진 스코틀랜드 환경예술축제
(Environmental Arts Festival Scotland)

2013년에 이어 2015년에 두 번째로 열린 스코틀랜드 환경예술축제는
스코틀랜드 농촌 전역의 공공 미술 프로젝트를 구상하고 탐구하는 단체
'와이드 오픈wide open'과 지역에서 활동하는 예술가들이 모여 미래의 대안
커뮤니티를 만드는 '스토브 네트워크stove network'가 함께 만든 지역 축제다.
축제는 지역의 예술가들과 과학자들, 농촌 전문가와 지역민들이 자신들이 살고
있는 삶의 터전에서 자연을 함께 느끼고, 다양한 예술 활동과 실험으로 지속
가능한 삶을 고민하고 토론한다. 축제에서 나온 유용한 아이디어들은 자신들의
삶에 바로 적용하기도 하고 정부 기관에 의견을 모아 전달하기도 한다. 2015년
환경예술축제의 주제는 '여행'이었다. 주민들은 낯선 여행자가 되어 새로운
시선으로 자신들이 사는 지역을 바라보는 경험을 했다. 그외의 손님들도
자연스레 지역의 정신을 느껴볼 수 있도록 배려했다.

–스토브 네트워크 홈페이지: www.thestove.org

도전의 연속,
예술가 부부 알렉스와 플로렌시아

주민 대부분이 예술가인 모니아이브에서도 가장 인상에 남았던 예술가
는 알렉스와 플로렌시아 부부다. 그들은 모니아이브에서 3마일 정도 떨
어진, 협곡 두 개가 만나는 동화 같은 마을에 살고 있다. 카페에서 차를
마시다가 우연히 플로렌시아를 만났는데, 영화 〈빅피쉬〉 이야기를 시작
으로 서로의 인생 여정을 넘나들며 대화하다 친해졌다. 플로렌시아는 사
진작가인 동시에 배우로 활동하고, 남편인 알렉스는 의상을 디자인하면

서 연기하는 배우다. 두 사람 모두 연기자를 양성하는 데 열정을 쏟는 연기 선생님이기도 하다.

알렉스와 플로렌시아는 1983년 퍼포먼스 그룹 오션올러버OCEAN-ALLOVER를 만들고 리더로 활동하고 있다. 지금도 여전히 새로운 퍼포먼스를 끊임없이 창작하고 있으며 그중 6개는 세계 곳곳에서 공연 중이다. 작품 대부분은 도시의 특별한 공간, 또는 무심코 지나다니는 의미 없는 공간에서 벌어진다. 생각지도 못한 공간에 배우들이 숨어 있다가 갑자기 출몰하여 일반인들을 깜짝 놀라게 한다. 우리가 보는 것이 세상의 전부가 아니며, 무심코 지나친 공간에도 의미가 있다는 메시지를 담은 퍼포먼스다. 배우들은 우스꽝스러운 분장과 표정으로 나타나 자신의 모습이

가장 어리석다는 것을 잠시 잊고 관객들을 조롱하며 비웃는다. 손가락질을 받은 관객들은 자신의 외면에 문제가 있는지 잠시 당황하지만 퍼포먼스는 우리 내면의 부실함을 이야기하고 있다.

선약 때문에 카페에서 플로렌시아와 서로 아쉬워하며 헤어졌는데, 며칠 지나지 않아 연락을 받았다. 작업실 구경도 할 겸 알렉스의 생일 파티에 오라는 메시지였다. 부부를 만난 후 그들의 작업실이 무척이나 궁금했기에 기쁜 마음으로 수락했다.

설레는 마음으로 집에 들어선 나를 플로렌시아는 가장 먼저 코스튬 작업실로 안내했다. 알렉스는 새로운 작품을 구성할 때 가장 먼저 대본을 창작한 후 대사를 분석하며 의상을 직접 디자인 한다. 플로렌시아는 알렉스의 디자인에 걸맞은 소재들을 고르고 재단과 바느질까지, 제작의 모든 과정을 진행한다. 의상은 대부분 마을에서 나오는 쓰레기를 모아 재활용하여 만든다. 대부분의 소재가 거친 포대자루나 비닐이라서 바느질 한 땀 한 땀이 고생스러울 수밖에 없다. 그럼에도 매무새는 꽤나 야무졌다. 알렉스는 스케치북을 넘겨가며 자신이 디자인한 의상과 작품의 구상부터 제작 과정 그리고 공연하고 마치는 모든 순간을 천천히 이야기해주었다. 작품 설명을 듣다 보니, 한 사람의 생각이 완성되기까지 모든 과정이 경이롭게 느껴졌다. 부부의 작업은 종합예술이라고 해도 과언이 아닐 만큼 다양한 영역을 경계와 구분 없이 넘나드는 활동이었다.

작업실을 둘러보고 나서 알렉스와 플로렌시아에게 물었다. 도대체 이 힘든 과정들을 거쳐 하나의 작품을 완성해 내는 에너지의 원천은 무엇이냐고. 돌아온 답변은 간단했다. 일도 많고 어려운 선택의 순간도 많지만 그 모든 것을 하나로 엮어 내는 힘은 스스로에게 주어진 '자유'라고 했다. 알렉스가 아무렇지 않게 내뱉은 '자유'라는 말이 그 순간 왜 그렇게 나의 마음을 흔들었는지 모르겠다. 애써 꾹꾹 누르고 가둬 두었던 비밀이 새어 나가기라도 한 것 같은 기분이었다. 그의 한마디에 뭔지 모를 아쉬움, 아픔, 억울함이 닫혔던 마음 문을 열고 우르르 쏟아져 나왔다.

하고 싶은 것들이 마음속에서 꿈틀거리면 눈치보지 않고 도전하고 시도하는 삶, 그것이 설령 좋은 결과로 이어지지 못하더라도 시도만으로도 가치 있다고 서로를 격려할 수 있는 동반자. 알렉스와 플로렌시아 부부가 함께 살아가는 모습이다. 도전만큼 설레는 게 또 있을까? 흥미로운 것들은 사슬처럼 서로 이어져 있는 게 확실하다. 이들 부부를 보며 다시 한 번 다짐했다. 비록 아마추어로 평생을 살지라도 사방팔방 새로운 일에 도전하고 경험하는 삶을 살고 싶다고.

앨링턴 하우스가 만들어 준 소중한 기회

집에서 5마일 정도 떨어진 앨링턴 하우스는 세계평화단체 스코틀랜드 지부가 있는 곳이다. 평화 기둥이라는 4각형 또는 6각형의 나무에 '온 세계에 평화'라는 메시지를 적어 대문 밖에 세우는 캠페인을 전 세계에서 진행하고 있다. 환경예술축제가 3주 정도 앞으로 다가왔을 때, 옆집에 사는 덩킨 할아버지가 찾아와 걸걸한 목소리로 대문 밖에서 나를 불렀다.

"브레이버 위 개럴!(스코틀랜드 사투리로 '용감하고 작은 소녀'라는 뜻)"

할아버지는 내일 앨링턴 하우스에 봉사하러 가는 날인데 내게도 좋은 경험이 될 거라며 같이 가자고 얘기하러 오신 거였다. 집까지 찾아와 준 것도 감사하고 뜻 깊은 시간이 될 듯하여 흔쾌히 따라 나섰다. 영화에 나오는 성 같이 근사한 모습의 앨링턴 하우스에 도착하자 이른 시간이었음에도 한 주 뒤에 있을 세계 청소년 평화 캠프 준비로 봉사자들 모두가 청소를 하느라 분주했다. 핵 발전소 반대 모임에서 자주 만나 뵈었던 분들이라 스스럼없이 그들의 일손을 도왔다.

이불을 털고 깨끗한 베갯잇을 모두 씌우고 난 다음 앞마당에서 자라는 블루베리와 산딸기를 땄다. 채워야 할 바구니는 옆구리에 끼고 블루베리는 따는 족족 내 입으로 들어갔다. 입이 시퍼레지도록 먹고 따기를 반복하고 있는데 멀리서 누군가 내 이름을 불렀다. 그는 자신을 짐이라 소개하며 올해 환경예술축제 참여 작가라 했다. 근처에 일 때문에 왔다가 환경예술축제에 관심 있는 한국 친구가 있다는 소식을 들었다며 작가들의 현장 모임에 함께 가자고 온 거였다. 한국에서 출발 전에 축제 담당자들과 만나기로 약속을 잡아 놓긴 했지만, 이렇게 작가를 미리 만나게 될 줄 상상도 못했다. "어떤 현장 모임인데요?" 궁금해 내가 물었다.

"축제에 참여하는 사람들이 모두 모이는 회의라고 생각하면 돼요. 우리는 소풍이라 부르지요."

회의 방식도 궁금했고, 작가와 작품을 미리 알 수 있는 절호의 기회였다. 무엇보다 프로그램 준비 전 축제 장소에 먼저 발을 들여 볼 수 있는 시간이 무척이나 기대되었다.

짐 아저씨 차에 올라타 서너 개의 언덕을 넘자 축제 장소인 몰튼성에 도착했다. 성은 수백 년이 넘는 역사 속에서 세월에 씻기고 자연에 흡수된 채 아슬하게 반토막만 남아 있었다. 성을 지나 언덕 끝까지 올랐다. 평평한 공간에 돗자리를 펴고 모두 함께 동그랗게 앉은 뒤에야 아래를 내려보니 우리가 앉아 있는 언덕이 호수 위에 떠 있다는 것을 알게 됐다. 사전 회의인지 소풍인지 모를 자연스러운 분위기 속에서 서로의 안부를 물으며 모임을 시작했다. 끝도 없이 펼쳐진 대자연의 공간 안에서 손수 만든 스콘과 커피를 나누어 먹었다. 짐 아저씨가 이 모임을 회의라 하지 않고 왜 소풍이라 불렀는지 이해가 되는 순간이었다. 축제의 총감독인 매트는 회의 내내 축제의 본질과 올해의 주제가 흔들리지 않도록 묵직하게 중심을 잡았다. 환경예술축제는 작품 형태가 굉장히 다양하기 때문에 고려해야 할 것들이 많았다. 모두 함께 성 주변을 걸으며 작업하기에 최적의 장소, 작업 규모와 설치, 프로그램 소요 시간까지 구체적인 이야기들을 나눴다. 참여 작가와 기획자, 봉사자, 홍보팀 모두가 축제 안에서 유기적으로 연결되어 있음을 느끼는 좋은 자리였다.

앨링턴 하우스가 준 우연이
환경예술축제의 사전 모임까지 오게 했다.
이든 페스티벌에서 만난 글라스고
환경학과 교수님이 소개시켜 준
잔 호가트 감독도 이곳에서 반갑게 만났다.

한참 이야기 나누던 중, 갑자기 굵직한 비가 쏟아져서 마을 아래 작은 창고로 대피했다. 오랫동안 쓰지 않은 가축의 막사였는데 이 공간에도 영상 설치미술이 들어올 거라고 했다. 장작에 불을 지피고 따뜻한 커피를 올렸다. 놀듯 일하는 소풍 회의를 하며 여행을 떠나온 뒤 처음으로 다시 기획자가 되어 축제를 만들고 싶다는 생각을 했다. 오늘처럼 축제 공간을 자유자재로 활용할 수 있는 곳이 있다면 마음 맞는 이웃들과 이런 축제 안에서 상상한 대로 만들고 원 없이 놀고 싶다는 생각이 간절해졌다.

앨링턴 하우스로 돌아가야 할 시간이 되어 짐 아저씨와 함께 자리에서 먼저 일어났다. 차에서 짐 아저씨는 자신이 작업한 내용들을 빽빽이 적은 작은 노트를 보여 주셨다. 하나하나 천천히 설명해 주시는 아저씨의 차분한 말투에 내 마음도 편안해졌다. 텃밭을 정리하던 덩킨 할아버지의 일손을 마저 돕고 집으로 향하는 길, 이번에는 할아버지가 자신의 인생 이야기를 들려주셨다. 젊은 시절 광물을 채취하는 아프리카 회사에 입사한 뒤 50년을 타지에서 생활하셨단다. 인생의 반절을 낯선 곳에서 보낸 할아버지는 고향이 그리울 때마다 떠올렸던 모니아이브 풍경이 하나 있다며 조금 더 가다 차를 잠깐 멈추었다.

"아프리카에서 50년을 그리워하며 마음속에 그리던 내 고향 풍경이 바로 이 모습이야."

할아버지의 소중한 기억 하나를 내어 주신 것 같아 무척이나 고마웠다. 힘들 때 떠오르는 멋진 마음속의 풍경이 있는지 스스로에게 물었다.

산 끝 저 멀리에서 내 고향 바닷가의 해질녘 물결이 가슴팍에 들어왔다. 힘들 때마다 찾던 땅끝마을에는 언제나 이렇게 너그럽고 따뜻했던 빛과 바다가 있었다.

그날 저녁, 창가에 세워둔 조그마한 이철수 작가의 판화를 찬찬히 들여다보았다. '가만가만 사랑해야지 이 작은 것들'이란 작은 글자가 반짝반짝거렸다. 앨링턴 하우스에서 만난 작은 블루베리와 산딸기, 몰튼 성 아래 핀 엉컹퀴, 짐 아저씨의 작업 노트 속 깨알 같던 글자, 덩킨 할아버지의 마음속 풍경까지, 이 모든 것을 가만가만 잊지 않고 기억해야지.

예술과 자연은 같은 날, 같은 시간에 태어났다

자연의 경이로움을 인정하지 않는 예술가는 세상에 없을 것이다. 어쩌면 그 둘은 애초부터 같이 탄생해 함께 살아 왔는지도 모르겠다. 자연에서 예술을 찾고 예술 안에서 자연을 찾는 축제, 2015년 제 2회 스코틀랜드 환경예술축제가 드디어 이틀 앞으로 다가왔다. 축제는 2박 3일간 야생 캠프로 이루어진다. 물도 없고 먹을 것도 없고 난방은 당연히 없는 그야말로 알아서 생존해야 하는 사흘이다. 캠핑을 위해 동네 친구에게 텐트와 침낭을 빌렸다. 한 번도 직접 텐트를 쳐 본 적이 없어 할아버지 할머니와 함께 앞마당에서 설치, 철거를 연습했다. 걱정의 크기가 가방의 크기라더니, 이것저것 챙겨 넣다 보니 가방이 터질 것만 같았다.

배우 플로렌시아가 퍼포먼스 프로필 촬영 때문에 축제 장소에 하루

나는 자연과 예술이 한날한시에 태어났다고 믿는다.
짝짓기를 위한 암컷의 본능적인 춤 동작, 꽃잎의 질서 있는 배열과
찬찬히 진해지고 연해지는 색감을 볼 때 유난히 더 그렇다.
갯벌에 내어 놓은 게들의 숨구멍이 온 뻘에 펼쳐져 있을 때도
나는 이것들이 어디에 내놓아도 꿀리지 않을 생존의 설치미술이라고
느꼈다. 예술과 자연이 뒤엉킨 야생에서의 3박 4일은 내 생각이
옳았음을 다시 한 번 확인시켜 준 자리였다.

일찍 가야 하는데 내게 하루 매니저를 해 줄 수 있는지 물었다. 플로렌시아에게 조금이라도 도움을 주는 것도 좋았고, 축제 준비 과정을 미리 볼 수 있는 것도 좋은 기회였다. 2박 3일이었던 캠핑이 3박 4일로 늘어났다. 촬영이 끝나고 여기저기 돌아다니며 일손이 필요한지 묻고 다녔다.

이렇게 조용하게 준비하는 축제는 처음 봤다. 아니 준비라는 표현조차 거추장스러울 정도였다. 핵심 기획자인 매트와 로비는 공간을 구성하는 모든 것들이 풍경의 맥락에서 조화롭게 통합되도록 심혈을 기울였다. 예술 작품은 장소에 섬세하게 녹아들었다가 축제가 끝난 후 어떠한 흔적도 없이 사라져야 하고 자연 그대로의 모습을 유지할 수 있도록 최소한의 것만 채우는 것이 환경예술축제의 목표다.

축제의 주요 공간이 될 장소에 대형 텐트를 치고 그 바로 앞에 태양열 판을 설치했다. 동네 강에서 미리 퍼 온 진흙을 모아 화덕을 만들어 요리할 공간을 짓고, 굴러다니는 나무를 주워다가 불을 지필 다섯 곳의 공간에 놓았다. 버려진 나무에 스텐실 기법으로 꾸며 만든 간판들도 모두 자리를 잡았다. 얼추 축제의 모양이 드러났다. 반쪽뿐인 몰튼성이 품고 있는 아픔, 생명력, 인내, 위엄까지 축제 공간은 그야말로 풍경을 그대로 반영한 공간이었다.

그날 밤, 아슬아슬 남아 있는 몰튼성의 한쪽 벽마저 씻겨 내려갈 것 같은 무서운 폭우가 쏟아졌다. 텐트 안에서 나는 원초적이고 야성미 넘치는 스코틀랜드의 대자연과 함께 캠핑의 황홀한 첫날밤을 보냈다.

기획자는 축제를 준비하며
설치 작품, 현장 안내판들이 사람, 자연,
프로그램과 조화롭게 하나가 되도록
공간을 탐험하는 데 많은 시간을 보냈다.

자연, 예술, 지역 주민이 만나는 환경예술축제

밤새 너무 추워 침낭 속에서 몸을 웅크린 채 잤더니 온몸이 쑤셨다. 아직 동도 트지 않았는데 밖에서 하프 연주 소리가 들렸다. 텐트 지퍼를 조금 열어 밖을 내다보았다가 나는 내가 간밤에 얼어 죽어 천국에 온 줄 알았다. 물안개가 언덕을 덮어 마치 구름 위에 떠 있는 듯했고, 하프 소리는 천사의 연주처럼 들렸다. 침낭을 집어 던지고 맨발로 뛰쳐나갔다. 허리를 꼿꼿이 세우고 앉아 잠시 눈을 감고 하프 소리에 귀를 기울였다. 최대한 깊게 숨을 들이쉬며 맑은 공기를 듬뿍 마셨다. 야생 캠프 첫날, 간밤에 조금 추웠던 것 빼고는 천국에 온 듯 완벽한 자연 속 아침이었다. 강물로 세수를 하고 오트밀로 죽을 만들어 우걱우걱 씹어 먹었다. 풀을 뜯어다가 물 없이 그릇을 문질러 닦고 집에서 챙겨 온 물로 양치질만 겨우 했다. 공식 프로그램 시작 전에 몰튼성에 올랐다. 눈앞의 풍경이 살아 있는 작품처럼 다가왔다.

프로그램 참여를 위해 중앙 텐트로 내려와 축제 지도를 찬찬히 살펴보았다. 프로그램 하나에 평균 세 시간 정도 소요됐다. 음악, 설치, 공연, 실험, 여행 등 흥미로운 프로그램이 많았지만 2박 3일 동안 한정된 시간 안에 내가 원하는 프로그램 전부를 참여하는 것은 불가능했다. 정리가 필요했다.

이번 축제 주제가 '여행'인 만큼 내가 가장 먼저 고른 프로그램은 데이비드 먼로의 '고지도의 발견'이라는 프로그램이었다. 여행자의 눈으로 지역의 예술과 풍경을 만날 수 있는 시간이었다. 이 지역에서 나고 자란 먼로 아저씨는 여행자의 낯선 시선을 마을로 끌어당기기에 충분했다. 이유는 그가 들고 온 고대 지도 한 장 때문이다. 그 지도에는 지금은 사라진 길, 언덕, 공간, 건물들이 그대로 담겨 있었다. 아저씨와 함께 현대 지도와 비교하며 지금은 없어져 버린 공간의 이야기를 찾아 걷는 도보 여행을 시작했다. 아저씨가 이 프로젝트를 기획하며 고지도를 다시 펴든 이유는, 앞으로 살아갈 길이 과거의 길에 있다고 믿어서다. 아저씨의 이야기에는 광부로 일하던 이웃 이야기에서부터 양떼를 몰던 손자의 이야기, 역사 속 스코틀랜드의 아픔까지 모두 간직한 채 살아 있었다. 과거를 보는 일은 현재의 우리를 진단하고, 앞으로 나아갈 방향을 제시한다. 나에게도 바른 방향을 제시해 주는 이런 고지도가 하나 있으면 좋겠다는 생각을 했다.

핀란드 예술가 울라 제로와 옌스 윌콕스의 '원정대의 예술'이라는 프로젝트도 무척이나 흥미로웠다. 두 작가는 축제 두어 달 전 물과 불만 실은 카약을 타고 긴 여행을 떠났다. 그 과정을 영상으로 담아 이번 축제에 간이 천막 대피소를 만들어 내부에 영상 설치작업을 했다. 영상 속 탐험의 과정은 생각보다 고요하고 평화로웠다. 해가 지고 불빛 하나 없는 몰튼성 아래, 낮에 모아둔 작은 태양열 판 하나의 전력으로 대피소 내부에서 상영하던 고요한 영상이 눈에 선하다. 삶을 탐험으로, 지속 가능한 에너지와 연결 지어 이야기한 좋은 작업이었다. 전기가 없으면 작품의 영상은 어느 시간이든 꺼져 버렸다. 있는 만큼 쓰는 데 자연스레 적응하고, 생태적인 대안을 모색하는 시간을 가질 수 있었다.

해가 질 즈음, 다섯 군데의 정해진 장소에서 장작불이 타올랐다. 물,

불, 죽음 등 우리 삶에 가까이 존재하는 것들을 주제로 도란도란 앉아 토론하는 프로그램이었다. 참여자들은 예술가, 과학자, 사상가, 지역 사회 구성원 등 다양했기 때문에 하나의 주제에서도 다각도의 이야기들이 오고 갔다. 철학적인 이야기에서부터 실용적인 이야기까지 깊은 토론은 새벽이 지나도 그칠 줄 모르고 이어졌다. 1년 중 가장 달이 밝다는 음력 팔월 보름날. 꽉 찬 보름달을 지켜보느라, 타는 장작 위로 수없이 떨어지는 별빛을 감상하느라, 나는 토론에 집중하지 못한 채 축제의 두 번째 밤을 보냈다.

축제 둘째 날 아침, 텐트에서 나와 주변을 산책하고 있는데 언덕 위에서 덩킨 할아버지가 나를 불렀다.

"헤이! 용감한 작은 소녀!"

할아버지는 아프리카에서 온 손자 손녀들과 함께 축제를 찾았다. 배낭을 메고 탐험가가 되어 나타난 할아버지가 귀여웠다. 무슨 프로그램을 하실 거냐 여쭈어 보자 할아버지는 가족들과 함께 시를 쓰러 갈 거라 했다. 지역의 대학 교수들과, 환경 활동가, 시인들로 구성된 '풍경의 지도'라는 프로그램이었다. 참여자들은 작품 속에 들어가 풍경의 일원이 되어 시를 썼다. 아름다운 언어는 공간과 풍경에 생기를 불어 넣었다. 여든이 다 되어가는 덩킨 할아버지의 사각사각 연필 소리가 꽤나 진지했다. 모니아이브의 풍경 한 조각을 50년이나 가슴속에 그려 두고 기억하셨듯, 오늘 할아버지는 사랑하는 손자 손녀들과의 시간을 시로 적어 마음에 또 하나 담아 간직하실 것이다.

우리가 함께 했던 3박 4일은 앞으로
우리가 살아갈 30년, 40년을 미리 내다본
동네의 모습이었다.
끊임없이 토론하고 조언하며 사는
마을 사람들이 아름답기 그지없다.

내가 가장 많은 시간을 보냈던 곳은 축제의 꽃이라 불렸던 '불의 강'이라는 먹거리 프로젝트였다. 지역의 생태 요리사가 바베큐 그릴을 강물이 흐르는 듯한 형태로 언덕 아래까지 20미터 정도 길게 설치했다. 동네 사람들이 강이나 바다에서 직접 잡아 온 물고기를 요리사에게 가지고 오면 천연 재료로 만든 양념을 뿌려 그릴 위에 얹어 주었다. '불의 강'은 축제 내내 꺼지지 않고 활활 타올랐다. 참가자들은 음식이 다 구워질 때까지 그릴 앞에 도란도란 마주 앉아 기다렸다. 공간 가득 동네 분위기와 꼭 닮은 달콤하고 구수한 냄새가 풍겼다. 시를 다 쓰고 내려온 덩킨 할아버지 가족과 함께 식사를 했다. 할아버지는 굵은 목소리로 방금 지은 자작시를 읊어 주셨다. 음식이 두 배로 맛있었던 것은 함께하는 이들 때문이었다.

축제 기간 동안 우리는 지구라는 행성에 잠시 들렀다가 떠나는 방문객처럼 머물렀다. 어느 것 하나 자연을 훼손하지 않도록 공간에 조심스럽게 발을 들여놓았다. 저 멀리 잔 호가스 팀이 말을 타고 몰튼성 풍경 속으로 들어왔다. 이른 새벽, 모팻이라는 동네에서 출발한 지 다섯 시간만이었다. 이들을 환영하며 일제히 기립박수를 보냈다. 이 팀은 몰튼성까지 오는 길에 다섯 개의 지역 공동체를 지나왔는데 각 지역마다 잠시 멈춰 강물을 떠 유리병에 담아 왔다. 다섯 개의 병에 붙은 동네 이름과 강 이름은 모두 달랐지만 사실 이 물줄기는 하나의 강에서 뻗어나온 것이었다. 강의 연결은 곧 공동체의 연결을 의미한다. 다섯 개의 병을 관람객에게 전달하는 의식을 치렀다. 축제를 통해 또 다시 이웃과 연결고리를 맺는 의미 있는 작업이었다. 엄중하고 드라마틱한 광경이었다. 의식이 끝나자마자 몰튼성 안에서 외계인의 모습을 한 퍼포먼스 그룹이 나타났다. 내 친구 플로렌시아의 공연이었다. 요상 망측한 의상과 언어로 어른 아이 할 것 없이 모두에게 웃음을 주는 퍼포먼스였지만 그들의 말과 표정 너머에는 인간의 가식을 꾸짖는 깊은 이야기가 담겨 있었다.

축제를 모두 빠짐없이 체험하기엔 나흘이란 시간은 역부족이었다. 축제는 일상으로 돌아간 우리의 삶 속에서 계속되어야 했다. 축제는 현실과 자연 사이에 다리를 놓아준 것뿐이다. 다행히도 우리는 그곳에서 그 다리를 함께 걸을 사람들을 만났다. 대안적인 삶을 고민하는 일은 외롭게 혼자 하는 것이 아니라 함께 고민하고 이야기 나누며 천천히 더불어서 사는 것이다.

집에 도착해서 씻고 한숨 자고 일어났더니 골든 할아버지가 우리 부모님께 선물할 찻주전자에 밑그림을 그리고 있는데 같이 하지 않겠냐고 물었다. 할아버지를 따라 붓을 들었다. 데이지꽃을 그리면서 할아버지는 새까맣게 탄 내 얼굴을 보고 야생 캠프가 힘들지는 않았는지 무엇이 가장 재미있었는지 물었다. 재잘재잘 이야기하다 집중하지 못하고 데이지 줄기를 뻣뻣하게 그렸다. 인자하고 차분한 목소리로 할아버지는 나지막이 말씀하셨다.

"우연아, 자연에는 직선이 없단다."

나흘 동안 자연 속에서 배우고 온 것들이 너무 많아 가슴이 벅찼는데, 할아버지 한마디에 한순간 또 다시 마음이 부자가 되었다. 그렇게 축제는 일상과 연결되었다. 매 순간 배움이고 뭉클한 감동이었다.

평소 장난기 많은
플로렌시아의
진지한 모습을 볼 수
있었던 공연.
퇴장할 때 나와
눈이 마주친 순간
플로렌시아는
찡긋, 윙크하는 것을
잊지 않았다.
나도 엄지손가락을
추켜세워 최고였다고
인사했다.

스코틀랜드 환경예술축제에서는 작품도 사람도
자연의 일부가 되어 잠시 머물다 흔적없이 자리를 비워 준다.

집으로 돌아가는 버스 정류장에 앉아 지난밤 잠들기 전,
몰튼성의 고요함을 담은 녹음 파일을 열었다. 이어폰을
끼고 숨죽여 소리에 집중했다. "쉬이이히~ 퍼러러러~"
젖은 잔디와 넘실거리는 바람, 하늘의 소리가 야생의
리듬과 함께 멋진 선율을 만들어 냈다.

우리가 함께한 석 달, 모니아이브를 떠나며

매일매일이 축제였던 모니아이브에서 나는 호기심 가득한 다섯 살 아이마냥 3개월을 살았다. 덕분에 몸과 마음도 덩달아 건강해졌다. 무엇인가를 해야만 한다는 강박에서 벗어난 것은 여행 중 가장 큰 수확이었다. 끊임없는 호기심을 채우고, 내 삶에 간절히 필요했던 여유로움을 찾은 것은 모두 모니아이브 동네 사람들과 눈부신 자연 덕분이었다.

고마운 마음을 담아 마을 사람들에게 편지를 썼다. 그리고 사진과 함께 지난 3개월간 모니아이브의 이야기를 담은 영상을 만들었다. 마을 콘서트 자리를 빌어 동네 사람들과 모두 모여 영상을 보는데 맨 앞에 앉아 있던 팀이 꺼억 꺼억 소리 내어 울기 시작했다. 영상이 끝나자 한 분 한 분 무대 위로 올라와 따뜻하게 나를 안아 주었다. 그제서야 나를 이 먼 곳까지 끌어당긴 힘이 무엇인지 알 것 같았다. 이렇게 사람 냄새 나는 동네에서 살아 보며 오랫동안 느끼지 못했던 세상살이의 따뜻함을 느껴 보라고, 평화로운 자연을 온몸으로 안아 보고 자유를 마음껏 누리라고. 날것인 채로 정리되지 않고 떠돌던 머릿속 단어들이 스코틀랜드에서 지내며 조금씩 연결되어 이야기로 만들어져 가는 것을 느꼈다.

해외의 좋은 사례들을 인터넷으로 만나며 마치 모든 것을 체험하고 이해한 듯 굴던 시절이 있었다. 마을에서 지내며 그때의 그 행동이 얼마나 어설프고 위험한 생각이었는지 실감했다. 아무리 뛰어난 기획자라 할지라도 상상만으로는 좋은 축제를 만들 수 없다. 마을 사람들의 일상, 그리고 삶의 언어를 경험하고 깊이 이해해야 진정성 있는 축제를 만들 수 있다.

넋 놓고 바라볼 수밖에 없었던 아름다운 모니아이브를 처음 만나던 날, 감상에만 빠져 있다 가지 않을까 우려했었다. 다행히도 누군가의 이야기를 들을 수 있는 여유로움과 자세를 배워 마음이 좋다. 축 쳐져 있던 내 일, 기획자라는 이름에 괜한 자긍심이 생긴 시간이었다.

마을을 떠나는 날 아침, 마을 사람들은 나를 위해 일정을 당겨 미리 인쇄한 마을 신문을 내 손에 쥐어 주었다. "우연이는 떠나지만 다시 모니아이브에 돌아올 것을 약속했다"라는 기사가 1면에 담긴 신문이었다. 마음이 뭉클해졌다. 받은 사랑 그대로 품고 꼭 다시 돌아올 거라고 마음속으로 약속했다.

반짝반짝 윤이 나는 화가, 골든 스튜어트

모니아이브에 머물며 골든 할아버지, 마가렛 할머니와 함께 살 수 있었던 것은 행운이었다. 내가 마을에 도착하고 같이 살기 시작한 날은 할아버지와 할머니가 결혼한 지 50주년 되던 기념일이었다. 그날 노부부의 모습은 그야말로 신혼처럼 싱그럽고 건강했다. 특별한 날 불쑥 부부의 삶에 끼어든 개구쟁이 한국인 손녀는 결혼 50주년 파티에서 '우리 잘살아 보자'며 만세삼창을 한국어로 제안했다. 그렇게 우리는 가족처럼 의기투합하여 매일매일을 특별한 날처럼 보냈다.

할아버지와 할머니는 에든버러에서 한평생을 살다 은퇴 후 모니아이브로 들어왔다. 60년간 페인트통과 붓을 쥐고 산 할아버지는 에든버러에서도 동네 사람들이 인정한 성실한 페인트공이었다. 은퇴한 후에는 모니아이브로 이사해 페인트 붓 대신 작은 회화용 붓을 들고 캔버스에 그림을 그리며 제 2의 인생을 살고 계신다. 할아버지는 뒤뜰 창고를 개조하여 전시장으로 꾸미고 자신의 작품과 그동안 취미로 모은  작품들을 전시했다. 새로운 작품을 만들거나 여행에서 멋진 작품을 수집하면 전시장에도 변화를 주었다. 할아버지만의 작은 전시장을 찾는 사람도 제법 있었는데 관람객이 올 때면 작품 설명도 직접 해 주신다.

누구보다 성실하게 살아 온 할아버지의 삶과 생각이 녹아 있는 작업을 구경하는 일은 언제나 재미있었다. 컵, 찻주전자, 쟁반, 접시, 잼단지 등 그림이 들어갈 수 있는 공간만 있으면 어디든 그림을 그리셨다. 할머니와의 추억을 담은 건물과 상징물, 영국과 스코틀랜드의 슬픈 역사, 가난한 이들을 돌보지 않는 영국 정부를 꾸짖는 풍자까지, 그림마다 할아버지의 추억과 해석을 일관된 색감과 분위기로 그려 넣어 조화를 빚어냈다. 작품을 볼 때마다 나는 "할아버지는 진짜 멋진 예술가예요!"라며 감탄했는데 할아버지는 늘 손사래 치며 "이제 막 배우기 시작한 늙은이"라고 겸연쩍어 하셨다. 어느 밤 할아버지 옆에 앉아 거친 손으로 작업하는 모습을 지켜보았다. 문득, 세상에 없던 무언가를 손으로 만들어 내는 작업이 참 고귀한 일이라는 생각이 들었다. 그동안 나는 똑같은 모양으로 찍어 내는 상품들에 둘러싸여 살았다. 속도와 효율에 익숙한 나 같은 보통 사람이 할아버지의 작업 과정을 이해하기란 쉽지 않다. 나중이 되어서야 모든 기운을 쏟아 내는 할아버지의 시간이 이해되었다. 곁에서 석달간 함께하며 내 마음속에도 지워지지 않는 그림이 새겨졌다. 할아버지의 서글서글 웃는 눈매와 붓을 잡고 있는 손. 시간과 정성을 들인 만큼 작품도 우리 삶도 반짝반짝 윤이 난다. 스스로를 향한 많은 질문들이 유성처럼 쏟아지던 밤이다.

가족처럼 보살펴 준 할머니와 할아버지.
우리가 함께한 3년 같은 3개월,
모니아이브는 진심으로 따뜻했고
눈부시게 아름다웠다.

반가운 배움터! 덴마크

Denmark

Bornholm

행복을 미루라는 학교, 행복을 찾으라는 학교

스코틀랜드를 떠나 덴마크 코펜하겐 행 비행기에 오르던 날, 오랜 직장
생활과 서울살이로 지쳐 있던 몸과 마음이 모니아이브의 자연과 사람
속에서 다시 채워져 있음을 느낄 수 있었다. 스코틀랜드의 모니아이브와
내 고향 대한민국의 해남은 서로 지구 반대편, 비행기로 열 시간 넘는 거
리에 있지만 그곳에서 나는 자연 속에서 뛰어 놀던 어린 시절의 편안함
을 다시 한 번 경험했다. 그래서 시민학교 입학을 위해 덴마크로 향하는
동안 마음이 더 복잡했는지도 모르겠다. 해남을 떠나 고등학교 진학을
위해 도시로 향하던 그때가 떠올랐다. 10대 후반의 나를 가득 채운 감정
은 억울함과 서러움이었다. 두 시간도 채 되지 않는 비행 시간 동안 16년

이라는 긴 시간을 거슬러 올라갔다.

유난히 감성이 풍성했던 나는 운 좋게도 땅끝마을에서도 아주 작은 시골마을, 그것도 자유스러운 분위기의 가정에서 자랐다. 산으로 들로 뛰어다니며 노는 게 일이었다. 달리고 노래하고, 그림 그리고, 강아지와 노는 데만 열중해 있는 둘째 딸을 부모님은 그 모습 그대로 칭찬해 주었다. 딸 넷 중 둘째로 태어나 샘이 많은 아이였지만 각자의 개성을 존중해 주고 아껴 주는 부모님 덕분에 네 딸 사이에는 누가 잘하고 못하고 우열이 없었다.

중학교를 졸업한 언니는 집에서 70킬로미터 정도 떨어진 명문 고등학교에 장학생으로 입학했다. 기숙사에서 지내던 언니는 매주 토요일에 집에 왔다가 일요일 밤에 학교로 돌아갔다. 올 때는 늘 피곤해 보였지만 엄마의 사랑과 손맛 가득한 밥상 앞에 앉아 즐거이 밥을 먹고 나면 또 금방 충전이 되어 집을 나섰다. 내 눈엔 힘겨워 보였는데 언니는 한 번도 학교생활이 힘들다는 속내를 비친 적이 없었다. 첫째 딸에 대한 기대를 알기에 언니는 스스로의 감정을 애써 누르고 가다듬고 있었는지도 모르겠다.

몇 년이 흐르고 내 차례가 되었다. 누군가 이제 고등학교에 입학하니 마음 단단히 먹으라고 이야기해 줬더라면 조금 덜 당황했을까? 열여섯과 열일곱 사이의 변화는 생각보다 컸다. 언니가 다니던 학교, 같은 기숙사에 들어갔다. 그렇게 모든 행동을 절제해야만 하는 고등학교 생활이 시작되었지만 나는 어색하기만 했다. 무엇을 하고 싶은지, 하고 싶은 일을 하기 위해서는 어떤 공부를 해야 하는지 찾을 시간이 주어지지 않았다. 왜 공부해야 하는지 동기부여가 되지 않은 채로 1학년 시절이 거의 지나갈 무렵, 일이 일어났다.

일요일 저녁 학교 기숙사로 돌아가던 길이었다. 발가락에 물집이 잡혀 신발을 구겨 신고 걸어 가다가 우연히 담임선생님을 만났다. 그리고 다음 날 아침, 교무실에 불려갔다. 신발이 문제였다. 선생님은 내게 이유를 묻지 않았다. 다짜고짜 구겨 신은 신발이 학교의 이미지를 실추시켰으며 같은 학교 다니는 네 언니는 공부를 잘하는데 너는 왜 그러냐고 소리 높여 타박을 놓았다. 신발은 발이 아파서 그랬고, 언니가 나보다 공부는 잘하지만 그리기나 달리기는 내가 더 잘한다고 이야기하고 싶었다. 하지만 선생님의 서늘한 표정 앞에서 나는 아무 말도 할 수 없었다. 선생님도, 학교도, 그리고 어쩌면 이 사회도 내가 잘하는 것 따위에는 관심 없어 보였다. 그때는 그랬다.

그 뒤로 성적에 대한 자격지심도 생기고 불량 학생으로 낙인 찍혔다는 생각에 학교생활이 꼬여버렸다. 열심히 해보려 했지만 생각 같이 되지 않았다. 아무리 집중해도 못 알아 듣는 수업 시간에는 꾸벅 꾸벅 졸거나 낙서하기 일쑤였다. 그러다가 이왕 그림 그리면서 놀 거 재미나게 놀아보자며 '우연의 꿈'이라는 노트 한 권을 만들었다. 큰 무대를 그리고 그 위에 가수를 세우고 관객들을 그려 넣었다. 열여덟 살에 기획한 말도 안 되는 콘서트와 축제가 나만의 노트 안에서 펄떡펄떡 살아 움직였다.

한번은 제2외국어였던 불어 수업에 장래희망을 묻고 대답하는 시간이 있었다. 선생님이 "너의 꿈은 무엇이니?"라고 불어로 물으면 학생들은 자신의 꿈을 불어로 대답했다. 경찰, 의사, 외교관, 선생님 등등 친구들의 장래희망은 비슷비슷했고 우리는 그 직업을 선생님이 불어로 선창하면 큰 목소리로 따라했다.

"39번 천우연, 너의 꿈은 무엇이니?"

선생님께서 물으셨다. 나는 그때 머리를 잠깐 갸우뚱하며 대답했다.

"선생님, 저는 제 꿈을 어떤 이름으로 불러야 하는지 잘 모르겠어요. 콘서트를 만들거나, 축제를 만드는 사람인데요……."

그때까지만 해도 문화기획자라는 말이 통용되지 않았다. 내 대답에 선생님은 난감해 하며 한참을 고민하시더니 다음 수업시간에 알려 주시겠다 하시고는 수업을 마무리 지으셨다. 딱 떨어지는 단어로 정의할 수는 없지만 나는 내 나름대로 하고 싶은 일이 무엇인지 조금씩 알아가기 시작했다.

하지만 선생님 앞에서는 여전히 주눅든 학생이었다. 10대의 마지막은 건드리기만 하면 터져버릴 듯한 수많은 감정들로 가득찼다. 억울한 마음을 나는 그때 어디에서도 풀지 못했다. 그 후 13년간 꿈을 찾고 그 분야에서 전문가가 되기 위해 열심히 살았다. 결국 그렇게 꿈꾸던 문화기획자가 되어 수업시간 몰래 펼치던 노트에 지금은 마음껏 그림을 그리고 살지만 여전히 그때를 생각하면 마음속 응어리들이 꿈틀거린다.

덴마크에서 새로운 학교를 만나다

코펜하겐에서 머무른 며칠간 나는 오후 4시가 되면 매일 한 카페의 야외 테라스에 앉아 퇴근하는 시민들의 얼굴을 바라봤다. 자전거로 가득 찬 도시에 힘차게 페달을 밟는 사람들의 얼굴엔 행복이 넘쳐흘렀다. 이런 사회에서 학교라는 공간은 어떤 곳일지 더 궁금해졌다.

덴마크에 오기로 결심했던 것은 일 때문에 참석한 어떤 세미나 때문 이었다. 예술 교육 공간을 기획하는 프로젝트를 진행하던 중 한국문화 예술교육진흥원에서 '예술 공간'을 주제로 세미나를 연다는 소식을 들었다. 큰 기대 없이 참석한 자리였는데 덴마크에서 온 예술 시민학교의 강사 애너메테의 발표를 듣고 덴마크의 예술교육 운영과 철학에 완전히 마음을 빼앗겼다. 그의 나긋나긋하면서도 발랄한 이야기를 들으며 고등 학교 시절이 떠올랐고 한마디로 정의할 수 없는 말 못 할 억울함과 서러 움, 동시에 위로와 해방감까지 마주했다. 나도 덴마크와 같은 학교 분위 기 속에서 나의 행복을 고민할 수 있는 시간들을 충분히 가졌더라면 얼 마나 좋았을까? 야근을 계획하고 회사에서 잠시 나왔던 길이었으나 포 럼이 끝난 후 발걸음을 돌려 집으로 향했다. 그리고 애너메테에게 이메 일을 썼다. 내용은 간단했다.

"안녕하세요? 저는 서른셋의 한국인 천우연이라고 합니다. 선생님 께서 가르치시는 학교에서 공부하고 싶습니다. 입학할 수 있을까요?"

입학이 가능하다면 당장이라도 떠나고 싶던 당시 마음을 모두 담은 이메일이었다. 행복한 교육, 해방된 학교에서 10대 후반의 시간을 어떻 게 해서든 위로받고 보상받고 싶은 마음이 그 당시 무척이나 간절했다.

한참 퇴근 시간인데도 넓은 도로에는
단 한 대의 차도 보이지 않았다.
여유롭고 느린 삶처럼, 공간도 그러했다.
넉넉하고 차분하며 느긋한 덴마크.

누구나 배우고 나눌 수 있는 덴마크 시민학교

덴마크 시민학교Folks Højskole는 17세 이상 성인들을 위한 인생학교다. 150년 전 니콜라이 프레드릭 세베린 그룬트빅Nikolaj Frederik Severin Grundtvig이라는 학자가 교육을 받지 못한 농촌의 가난한 소작농 계층의 계몽이 필요하다고 느껴 대학을 대신할 '농민학교'를 만들었다.

그룬트빅은 농민들이 사회 구성원으로서 덴마크 사회에 적극적으로 깊이 참여하고, 아래에서 위로 정치적 상황을 변화시킬 수 있는 주체로 살아가기를 희망했다. 또한 농민학교라는 공간 만큼은 모든 사람이 신분의 격차에서 벗어나 차별 없이 이야기를 나눌 수 있는 장이 되기를 꿈꿨다. 이러한 바람은 끊임없는 노력을 통해 마을과 농민들이 조금씩 변하면서 천천히 지금과 같은 시민학교의 모습으로 현실이 되었다. 가장 큰 변화는 부농의 땅을 빌려 강도 높은 노동을 하고도 제값을 받지 못했던 소작민들이 자신들의 부당함을 떳떳하게 이야기할 수 있게 되었다는 점이다. 평등한 분위기 속에서 농민들은 민주적으로 토론을 하고 힘을 키워 협동조합을 만들었다. '함께 살아야 잘산다'라는 목표에 모두가 뜻과 힘을 모아 마을에서 나는 곡식의 총 생산량을 늘리고, 높은 품질의 작물을 재배할 수 있는 기술력도 향상시켰다. 하루의 끝, 지친 노동의 마무리는 언제나 예술과 함께였다. 노래와 시 앞에서는 모두가 평등했기에 학교 안에서는 부자와 가난한 자의 신분 차이가 없었다.

24절기로 한 해를 사는 농부의 하루는 남들보다 곱절의 노동을 요한다. 그룬트빅은 농민들에게 '인간은 육체 그 이상이다'라는 말을 끊임없이 건넸다. 오로지 먹고 살기 위한 노동을 뛰어넘어 행복을 고민하는 삶을 살라는 의미였다. 그룬트빅의 말을 가슴속에 품고 사는 덴마크인들은 세계 최대의 복지국가를 만든 장본인이 농민학교의 소작농민들이라 자부한다. 더불어 사는 삶, 행복을 위해 끊임없이 고민하는 삶, 농민들이 똘똘 뭉쳐 이를 몸소 실천하며 지금의 덴마크를 만든 것이다.

10여 년 전까지만 해도 140개 정도의 시민학교가 덴마크 전역에 있었는데 현재 약 70개 정도가 운영되고 있다. 시대가 변하면서 학교의 기능도 조금씩 바뀌어 갔다. 인생에서 중요한 선택의 시기에 선 이들이 잠시 쉬며 고민할 수 있는 인생학교의 기능을 한다. 고등학교를 졸업한 학생들은 짧게는 6개월, 길게는 1년까지 시민학교에 머물며 자신의 진로를 고민하고, 직장인들은 장기 휴가를 받아 노동으로부터 잠시 떨어져 쉬는 시간을 갖거나 자기 계발을 하는 시간을 갖는다. 또한 퇴직 후 무료한 시간을 보내던 퇴직자가 평생교육의 시간을 누리고, 덴마크 교육에 관심 있는 세계 각국의 젊은이들은 이곳을 찾아와 선진 교육 시스템을 경험한다. 학교는 17세 이상이면 누구나 입학할 수 있고 모든 학생은 기숙사에 살며 공동체 생활을 하는 것이 원칙이다. 지역의 특성에 따라 학교의 프로그램도 조금씩 다르다. 예술 과목을 집중적으로 다루고 있는 학교도 있고, 스포츠나 종교 또는 철학에 집중하는 학교도 있다. 특화 과목에 따라 학교 이름이 정해진다. 내가 선택한 학교는 보른홀름이라는 섬에 있는 예술 중심의 학교여서 '보른홀름 예술 시민학교'라고 불렸다.

보른홀름은 유리공예와 도자기가 유명한 '예술섬'이다. 섬 사람 대부분이 지역의 흙으로 도자기를 빚어 굽고, 유리를 녹이고 붙여 공예품을 만드는 예술가다. 섬의 한가운데 위치한 학교 주변에는 웅장한 숲과 바이킹시대가 그대로 읽힐 만큼 날이 선 바위들이 지천에 널려 있다. 학교에서 자전거를 타고 조금만 나가면 발트해의 바닷바람이 만들어낸 아름다운 해변도 만날 수 있다.

– 덴마크 시민학교 웹사이트: danishfolkhighschools.com

– 덴마크 보른홀름 예술 시민학교 웹사이트: bornholmshojskole.dk

학생이 주인인 학교

애너메테에게 메일을 보낸 다음 날 바로 답장이 왔다. 한국의 비빔밥이 먹고 싶다는 이야기로 시작한 메일은 첫 문장부터 밝고 명랑했다. 내심 서른셋이라는 나이가 걸렸는데 그가 전해 준 입학 자격도 희소식이었다. 시민학교 조건은 오직 하나, 17세 이상이면 된다고 했다. 성별도, 국적도, 언어도 학교에는 어떤 제약도 없다고 했다. 9월에 시작하는 학기는 5월부터 신입생 신청을 받으니 잊지 말고 제때 신청하라는 당부와 함께, 덴마크에서 함께 비빔밥 해 먹을 날을 기대한다며 도착하면 가장 먼저 연락하라고 전화번호까지 남겨 주었다. 몇 주 뒤, 교장 선생님으로부터 환영한다는 메일을 한 통 더 받았다. 학교 과정은 14주 또는 31주 수업이 있으니 둘 중 내가 원하는 기간으로 선택하면 된다고 했다. 덧붙여 한 달에 80만 원 정도인 학비가 부담스러우면 장학금 제도가 있으니 신청하라며 신청 서류를 보내왔다. 모든 내용들이 내 마음을 가볍게 만들었다. 진심을 담은 환영이 얼마나 따뜻한 말인지 그때 제대로 깨달았다. 5월 신입생 모집을 시작하자마자 준비해 두었던 입학 신청서와 장학금 신청서를 다듬어 보냈다. 그리고 한 달 뒤 학교로부터 최종 입학 허가서를 받았다.

보른홀름 예술 시민학교에는 유리공예, 도자기, 음악, 금속공예, 미디어, 회화 등의 과목으로 수업이 이루어졌다. 학생들은 한 학기에 두 과목의 수업을 격주로 돌아가며 듣는다. 정규수업은 오전 9시에 시작해 오후 4시가 되면 끝이 난다. 4시 이후에는 덴마크어, 영어 수업이 있는데 원

오밀조밀 모여있는 교실.
그림을 그리고 피아노를
치고 친구들과 수다 떨며
추억을 쌓던 공간.
학교는 열일곱 살 호기심
많던 나를 다시 만나게 해
준 소중한 공간이었다.

밤마다 일기를 쓰던
기숙사의 작은 내 방.

평가보다 질문이 많은
수업 방식을 통해
나는 두리뭉실하던
내 생각과 감정들을
조리 있게 설명하는 방법을
조금씩 터득했다.

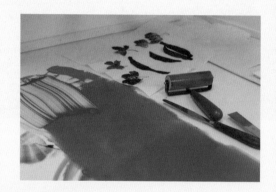

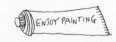

하는 사람만 듣는다. 선택은 늘 학생 본인 몫이다. 한 학기 반 동안 시민 학교를 다녔던 나는 회화와 도자기, 금속공예 수업을 들었다. 하루 평균 다섯 시간 수업이었다. 모든 수업마다 학습 목표와 세부 수업 계획표는 있으나 학생들의 작업 속도와 생각에 따라 유연하게 움직였다. 모두가 동시에 시작하여 같은 시간에 마무리 짓지 않아도 된다는 학교의 방침 때문이다.

선생님들은 덴마크 내에서도 실력을 인정받는 지역 예술가들이다. '가르치는' 행위를 줄이고, 학생들의 작업을 '기다리고 또 기다리는 것'이 공통점이었다. 학생들이 편하게 수업에 집중할 수 있는 환경을 만들기 위해 붓을 빨고 재료가 떨어지지 않게 꼼꼼하게 챙기는 일에 선생님들은 더 집중했다.

"나는 빗자루를 들 테니 너희는 붓자루를 들어라!"

회화 수업 때 리나 선생님이 우리들에게 가장 많이 했던 말이다.

선생님은 우리들의 작품이 어떤 모습을 하고 있든 온몸으로 표현하며 칭찬해 주었다. 그리고 작품 주제 선택은 어떻게 했는지, 색상을 고른 이유는 무엇인지 끊임없는 질문을 했다.

4B연필을 들고 빛이 어디에서 들어오는지 파악한 뒤 명암을 넣으며 그림을 과학처럼 대하던 한국의 미술시간과는 달랐다. 비교와 평가에서 자유로우니 친구들의 캔버스를 곁눈질하며 그보다 잘 그려야 한다는 부담감에서 벗어났다. 자연스럽게 내 캔버스에 집중할 수 있는 시간들이 저절로 생겨나면서 어린 시절 벽에 낙서하던 희열과 자유를 이곳에서 다시 느꼈다.

내가 학교생활을 하며 가장 좋아하던 시간을 꼽으라면 바로 아침 조회 시간이다. 매일 아침 8시 반에 시작하는 조회에는 모든 학생들이 반드시 참석해야 했다. 500곡 정도가 수록되어 있는 시민학교 노래 책자 중에서 그날의 날씨와 분위기에 따라 한 곡을 선정해 함께 노래 부르며 아침을 열었다. 가사가 덴마크어로 되어 있어 선생님은 시를 읊듯 한 소절 한 소절 읽어 내리며 의미를 설명해 주셨는데 그 목소리와 멜로디가 얼마나 아름답던지! 그중 내가 가장 좋아했던 145번 노래에는 이런 가사가 있다.

"주어진 너의 인생을 의심하지 말고 용기를 가지고 걸어 가렴.
네가 닿는 그곳, 하늘의 별 속에서 자유롭게 춤출 수 있을 거야."

매일 오전 불렀던 모든 노래가 여행 중인 내게 하는 이야기 같았다. 30분밖에 안 되는 짧은 시간이었지만 학교에서 이 시간을 중요하게 여기는 데는 다른 이유가 하나 더 있었다. 아침 조회와 함께 수업에 들어가기 전 브레인스토밍을 하는 시간을 가졌다. 프로그램은 반별로 돌아가면서 준비했다. 눈을 감고 친구들의 얼굴을 만지고 초상화를 그렸던 적도 있고, 삼바 악기를 배워 기숙사에 몰래 들어가 아직 자고 있는 친구 방 앞에서 연주한 적도 있었다. 자다가 놀라 문을 열고 나오는 친구의 얼굴을 보는 것도 하루를 여는 재미나는 일이었다. 어떤 날은 야외로 나가 본인이 원하는 발걸음대로 학교 주변을 걷고 돌아와 자신이 걸은 길을 설명했다. 우리들은 그 순간만은 심리학자가 되어 왜 그 길을 걸었는지

친구 헬렌은 황갈색 종이와
'활동적Energetic'이라 적힌
종이를 뽑고는
공사로 땅을 갈아엎은
학교 뒷마당을 찍어 와
우리들에게 내밀었다.

내 입에 맞는 치즈는
단 하나도 없었지만
학교는 늘 모두를 위해
차려내는 음식에도 관심을 기울였다.

추측하며 친구의 성격과 심리 상태를 분석했다. 내가 대표로 준비했던 적도 있다. 상자 두 개에 쪽지를 넣어 두고 각각 한 장씩을 뽑아 그 지시에 맞게 사진을 찍는 프로그램이었다. 한 상자 안에 든 쪽지에는 붓으로 다양한 색의 물감을 찍어 두었고, 다른 상자 안에 든 쪽지에는 우리의 감정을 나타내는 단어를 적어 두었다. 본인들이 뽑은 색과 감정에 알맞은 피사체를 휴대전화 사진기로 찍어 보자는 것이었다. 친구들의 창의적인 사진을 보고 무척이나 감동했던 시간이었다.

수업 외에도 학교가 돌아갈 수 있도록 학생 스스로 해야 할 일도 많았다. 급식 당번을 정해 점심, 저녁을 차려 내고 치웠다. 일주일에 한 번은 기숙사 대청소를 하고 청소 후에는 모든 학생이 모여 학생 회의를 진행했다. 크게는 학교의 방향과 현안들을 다루고 작게는 식당 메뉴 추천까지 거리낌 없이 이야기를 나눴다. 우리가 나누었던 이야기들은 우리의 현재고 학교의 미래였다. 우리들의 입을 통해 나온 모든 이야기는 다음 날부터 거침없이 학교생활에 적용되었다.

학교는 조용한 섬 마을에서 지내는 학생들이 혹여 지루해질까 염려해 화요일과 목요일 저녁에 학교 밖 프로그램도 제공했다. 외부 전시회나 콘서트에 참석하기도 했고, 선생님들의 집에서 파티를 열기도 했다. 그럴 때마다 우리는 선생과 제자라는 수직적 관계가 아닌 이웃으로, 친구로, 가족으로 섬 안에 함께 사는 느낌을 받았다. 그래서 그런지 학교생활을 한다기 보다는 작은 공동체에 살고 있는 기분이었다. 각각 다른 나라에서 온 학생들이 자신의 재능을 나누며 스페인어, 뜨개질, 바느질 강좌 등도

오후 2시만 되면 어김없이
찾아오는 철새 떼를
구경하러 들판으로 나갔다.
도자기를 빚다가도,
채색을 하다가도.

열었다. 학교생활은 그렇게 지루할 틈 없이 풍성하게 메워져 나갔다.

발트해의 빛나는 바닷바람을 온몸으로 품고 있는 보른홀름 시민학교. 학생들은 압박 없는 교육 시스템 아래, 자유로운 환경 속에서 그림을 그리고 도자기를 빚는다. 이 공간, 이 친구들, 매 순간이 아름다운 이유다.

반쪽짜리 자화상

마지막으로 붓을 잡았던 것이 언제였을까? 중학교 3학년때쯤이니까 17년 전 같다. 그림을 그리고 싶다는 생각은 직장 다닐 때에도 많이 했지만 그림 도구를 사서 방 안에 펼쳐 놓고 그리는 과정을 생각하면 머릿속이 복잡해져 늘 미루고 미뤘다. 회화 과목의 리나 선생님은 에너지가 넘치는 쾌활한 분이셨다. 그는 나처럼 오랫동안 그림과 인연을 끊고 산 학생들이 낯선 미술 세계에 유쾌하게 입문할 수 있도록 이끌어 주었다. 회화 첫 수업 시간에 있었던 일이다. 선생님은 2미터가 넘는 종이 한 장과 볼펜 한 자루를 주며 말씀하셨다.

"오늘 우리는 하루 종일 이 종이 위에 아무거나 그릴 거예요. 볼펜 심이 다 닳을 때까지 그리는 겁니다. 자신이 생각하는 가장 엉망진창의 그림을 오늘 하루 그려봅시다."

그림을 그리는 종이의 크기나 주제 선택은 늘 이렇게 예상 밖이었다. 리나 선생님은 수업 공간 또한 교실로 한정 짓지 않으셨다. 갇힌 교실 안에서는 결코 얻을 수 없는 것이 교실 밖에 존재한다 믿었고, 학생들은 대부분 학교 주변을 돌아다니면서 작업했다. 트인 공간이 주는 자유로운 에너지, 새로운 감상을 불러 일으키는 일상 속 사물들까지. 아무것도 아니라고 생각했던 것들을 끊임없이 관찰하며 캔버스로 옮기는 과정 속에 어느새 나는 낯설기만 하던 미술의 세계에 빠져 스스로 그리고 즐길 줄 아는 사람이 되어 가고 있었다.

가장 인상 깊은 수업은 자화상을 그리던 시간이었다. 가끔 사물을 그리거나 친구 얼굴을 그려 본 적은 있었지만 내 얼굴을 그리는 것은 처음이었다. 왠지 숨겨둔 모든 감정까지 드러내야 할 것 같아 밑그림을 그리는 게 쉽지 않았다. 가장 잘 나온 옆 모습 사진을 인쇄하여 그대로 따라 그리기 시작했다. 다 그려 색칠까지 완료했는데 그림 속 어딜 봐도 나의 모습을 찾을 수가 없었다. 내 그림을 보더니 리나 선생님이 물었다.

"우연아, 이 그림 안에서 너를 찾아 볼 수 있겠니? 그림 속 우연이는 무슨 생각을 하고 있고 어떤 기분이니?"

한참을 찾아도 그림 안에 나는 없었다. 부끄러운 얼굴로 대답했다.

"그냥 예쁜 모습을 그리려고만 한 것 같아요. 사진을 그대로 베끼는 데만 신경 썼어요. 제가 당시 어떤 기분이었는지 잘 모르겠어요. 그냥 그리기에 급급했지 나 자신을 깊이 들여다보는 시간을 갖지 않았어요."

그리고 나는 용기 내어 말했다.

"다시 그려 볼래요."

리나 선생님은 웃으면서 원하는 캔버스의 크기가 있는지 내게 물었다. 진짜 나를 이야기하는 그런 그림, 물감으로 적은 일기 같은 자화상을 그리고 싶었다.

"제 실제 얼굴과 같은 크기로 그리고 싶어요."

그러자 선생님은 내 얼굴과 어깨 치수를 재고 내가 들어갈 수 있는 정확한 사이즈의 캔버스를 만들어 주었다. 화폭이 크면 그림이 싱거워진다던 장욱진 화백의 이야기처럼 딱 그만한 크기면 나를 이야기하기에 충분했다. 하얀 캔버스를 앞에 두고 나를 마주했다. 한참을 고민하다 연필을 들었다. 얼굴 전체를 그리려다가 왠지 비밀스러운 공간까지 모두 드러나는 것 같아 캔버스를 반절로 나누고 한쪽 얼굴만 그리기 시작했다. 그리는 내내 나는 내가 반대편 얼굴에 숨긴 감정이 무엇인지 읽어보려 애썼다.

문득 앤디워홀의 자화상이 떠올랐다. 그는 항상 손으로 얼굴을 가리거나 얼룩덜룩한 기법으로 자신의 모습을 아리송하게 표현했다. 정면을 응시한 듯 하지만 정방향도 아니다. 상처와 열등감으로 가득 찬 그의 삶이 화폭에 옮겨질까 두려웠던 것이다. 나 또한 어쩌면 내가 원치 않은 감정들을 얼굴 한편에 꽁꽁 감추어 두고 지극히 행복한 모습으로만 나를 포장하며 살기를 바랐는지 모르겠다. 반만 그려 놓은 그림 앞으로 친구 헬렌이 다가와 물었다.

"반쪽밖에 없네? 반쪽 얼굴에 숨겨둔 게 있지? 그게 뭘까?"

개구진 표정으로 장난스럽게 던진 질문이었지만 나는 그 물음에 흠칫하고 놀랐다. 그러자 헬렌이 다시 물었다.

"반대쪽도 그려 보면 어때?"

캔버스 앞에 서서 다시 한 번 솔직해지기로 했다. 나머지 반도 그리고 채색까지 마치니 한쪽은 빨간 얼굴, 다른 한쪽은 초록 얼굴이 되었다. 진짜 나를 담은 그래서 정말 나와 닮은 자화상을 완성했다. 헬렌의 자화

그림을 통해 내 안의 낯선 감정들을 만나고
타인의 행복과 슬픔을 마주했다.
말과 글로 표현할 수 없었던 작은 응어리들이
쓱쓱 내린 붓질 속에 함께 씻겨 내려가는 듯했다.

상이 궁금해 나도 헬렌의 자리로 갔다. 50대인 그는 성격도 목소리도 시원시원하고 활달했다. 섬을 탐방하러 가는 매주 월요일 아침에는 산에 풀어 놓은 산토끼처럼 사방팔방 뛰어다녔다. 그림도 성격처럼 시원하게 그렸을 줄 알았는데 여태 그린 것이라고는 얼굴 형태뿐, 하얀 캔버스가 아직 텅 비어 있었다. 내가 물었다.

"헬렌, 이제 시작하는 모양이네?"

헬렌이 대답했다.

"잘 안 그려져. 요것 그리는데 하루가 다 갔어. 그리고 지우고 그리고 지우고…… 바닥 봐. 지우개 하나를 벌써 다 썼어."

바닥을 보니 정말 지우개 가루가 수북했다. 헬렌은 자신을 그리는 것을 굉장히 조심스러워 했다. 선 하나를 그릴 때도 죽죽 내리지 못하고 짧은 선으로 조금씩 형태를 만들어 갔다. 거침없는 그녀의 성격을 누구보다 잘 알고 있어서일까, 그리는 내내 얼마나 답답했을지 생각하니 헬렌이 안쓰러웠다. 내게 한쪽 얼굴을 마저 그리라 제안했듯 나도 그에게 제안했다.

"헬렌, 지금 그리고 있는 캔버스 그냥 여기다 내버려 두고 바닥에 큰 전지를 깔자. 그 위에 아무 생각하지 말고 네가 하고 싶은 대로 큰 붓으로 크게 크게 그려 봐. 그냥 팔, 다리 운동한다는 셈 치고 붓으로 확 날려 버려!"

그날 저녁 기숙사 거실에서 친구들과 차를 마시고 있는데 헬렌이 헐레벌떡 나를 찾아 뛰어 왔다. 헬렌은 손과 얼굴, 앞치마까지 온통 페인트 자국을 묻히고 나타났다. 그리고는 나를 보자마자 큰 목소리로 소리쳤다.

"우연아! 나 드디어 찾았어! 바로 이거야! 교실로 따라와 봐!"

흥분한 그를 앞세우고 교실로 갔더니 헬렌은 교실 바닥에 전지를 펼쳐 두고 이리저리 휘갈겨 놓은 알 수 없는 그림을 완성했다. 그 안에 들어 있는 의미는 해석할 수 없지만 분명 그의 억눌린 감정들을 물감을 통해 발산한 것만은 확실했다. 누가 보면 난장판 그림이라고 할 수도 있지만 내 눈에 그 그림은 세상에서 가장 솔직한 자화상이었다. 그림 모양이 잭슨 폴록의 그림과 비슷해 나는 그녀에게 잭슨 폴록이 살아 돌아왔다며 엄지손가락을 추켜들었다. 헬렌은 내게도 자신의 자화상에 한 획을 그으라며 붓을 건넸다. 크게 한 획을 긋고 나니 그녀의 삶에 나 또한 좋은 친구로 한 부분 자리하는 듯해 괜스레 뿌듯해졌다.

헬렌은 이후 자세하게 묘사하는 그림보다는 즉흥적인 추상화를 많이 그렸다. 시간이 흐른 뒤 헬렌은 내게 자신이 늘 생각이 많아 선택하는데 어려움이 많고 시간에 끌려다녔다고 고백했다. 답답했던 시간으로부터 과감히 벗어난 그는 그제서야 시원시원한 기법으로 자신만의 추상화를 그리며 즐거워했다. 우연히 완성된 그의 작품에는 늘 숨어 있는 이야기가 있었다.

회화 수업은 그림을 잘 그리는 방법을 가르쳐 주는 수업이 아니었다. 가장 나다운 모습이 무엇인지 진짜 나를 만나게 해 준 감동이 있는 시간이었다. 이렇게 소중한 기회가 늦지 않게 내 인생에 찾아와 참 다행이다.

빛의 밤, 모두가 주인공인 축제

여름 끝자락인 9월에 입학하고 어느덧 석 달이 지났다. 덴마크의 12월
은 새하얀 눈 때문에 한낮에는 눈을 뜰 수 없을 만큼 눈부시다가 오후 3
시만 되면 칠흑같이 어두워졌다. 덴마크인들에게 겨울은 유난히 더 길게
느껴질 수밖에 없다. 이른 시간에도 거리에는 차들도, 사람도 드물다. 그
래서 섬마을의 겨울은 조금 더 고요하고 외로웠다. 이런 마을에 딱 하루,
마을 주민 모두가 겨울 어둠을 헤치고 집을 나서는 날이 있다. 매해 12월
에 학교에서 주최하는 겨울 축제가 바로 그것이다. 이 축제는 학생 가족
과 마을 사람들을 초대하여 학교에 대해 소개하고, 입학을 한 뒤 지금까
지 학생들이 만든 작품을 전시하며 학교에서 어떤 수업을 진행하는지 보
여주는 자리다. 겨울을 깨고 나오는 대단한 외출인 만큼 학교도 마을도
1년 중 무척 중요한 날로 여겼다.

축제 준비는 학생들 몫이다. 주제 선정에서부터 기획, 진행까지 모
든 것이 우리 손에 맡겨졌다. 11월 중순, 축제 준비라는 소리를 듣자마자
마음이 일렁이기 시작했다. 덴마크라는 나라에서 친구들, 그리고 마을
주민들과 잊지 못할 소중한 추억을 만들 수 있는 절호의 기회라는 생각
이 들었다. 매년 열리는 행사라 프로그램의 기본 틀은 잡혀 있었다. 거기
에 조금 신선한 변화를 준다면 축제가 더 풍성해질 것 같았다. 제대로 한
번 해 보고 싶다는 욕심과 함께 책임감 있게 나서서 축제를 끌고 나갈 친
구들이 있으면 좋겠다고 생각했다. 교장 선생님께 의견을 물었더니 학생
모두가 주인공이 되어 참여하는 것이 원칙인 만큼 실수해도 좋으니 부

담 갖지 말고 추진하라는 말씀을 해 주셨다. 교실로 돌아가 친구들에게 물었다.

"이번 겨울 축제 재미지게 한번 만들어 볼 사람? 손 드는 순간 이제 축제 기획팀이 구성되는 거야!"

듬성듬성 손을 든 친구들은 말이 기획팀 멤버이지 이 기회에 축제를 앞세워 신나게 놀며 창작하고 싶어 손발이 근질근질한 친구들이었다. 학교 일이라면 언제나 열정을 보이던 멕시코에서 온 할리, 벨기에서 온 사유리, 일본에서 온 시오리, 유미, 가오리, 한국 친구 제이 그리고 덴마크어 선생님 레베카까지. 유난히 죽이 잘 맞았던 친구들과 함께 천방지축 축제 기획팀을 구성했다.

다 함께 모인 첫날, 연습장을 펴 들고 올해 축제에 무엇을 담아야 할지 이야기를 시작했다. 영어로 대화를 하긴 하는데 서로 제대로 알아듣고 있는 것인지, 또는 못 알아듣고 있는지도 확인할 수 없는 상황에서 이야기는 꼬리의 꼬리를 물고 계속됐다. 모르는 단어가 나올 때면 사전을 찾아 설명하고 그래도 안 되면 그림도 그려가며 설명했다. 어렵게 돌고 돌아 이야기가 두 가지 콘셉트로 정리되었다. '빛'과 '따뜻함'. 덴마크의 긴 겨울, 축제를 보기 위해 학교를 찾은 모두에게 선물처럼 주고 싶은 우리들의 마음이었다. 학교의 전공 과목인 도자기와 유리공예, 금속공예 수업에는 늘 불이 필요했고 섬의 중앙에 위치한 학교의 불빛은 섬 전체를 밝히는 빛이었다. 학교를 둘러싼 모든 요소가 축제의 이야기와 잘 어울렸다. 덧붙여 축제를 빌어 그날만큼은 참석한 모든 이들이 서로에게 따뜻하고 반짝이는 존재가 되었으면 좋겠다는 바람까지 끼워 넣으니 제법 탄탄한 스토리라인이 짜였다. 그리고 우리는 축제 제목을 '빛의 밤'이라고 지었다.

제목을 놓고 프로그램을 고민했다. 테이블 위에는 몇 년째 변하지 않은 지난해 프로그램이 적힌 종이가 한 장 놓여 있었다. 모두들 물끄러미 종이만 쳐다보고 아무 말도 하지 않았다. 종이를 뒤집어엎으며 내가 먼저 말을 꺼냈다.

"우리 마음대로 해버리자. 전공 과목 전시는 반드시 필요하니까 살리고, 나머지는 프로그램이든 장소든 우리가 하고 싶은 곳에, 아무거나! 우리가 원하는 걸로! 어때?"

이렇게 뒤집어엎자는 말을 해 줄 사람을 기다렸다는 듯, 말이 끝나자마자 모두들 신이 나서 소리를 질렀다. 늘 걱정이 많던 할리가 물었다.

"그런데 학교에서 안 된다고 하면 어떡하지? 괜찮을까?"

나는 당장 교장 선생님께 뛰어가 방문객들에게 이전보다 더 깊이 있게 학교의 삶을 공유하는 자리를 만들고 싶다며 축제 장소도 넓히고 다른 프로그램을 더 만들어도 되냐고 물었다. 인자하게 웃으시며 교장 선생님이 내게 했던 말!

"얼마든지!"

멕시코, 벨기에, 한국, 일본 등 모두 다른 환경에서 성장한 우리들은 생각하고 펼쳐내는 방법에 각자의 색깔이 뚜렷했다. 모두 기발하고 재미있는 아이디어들이었다. 이런 우리들의 상상력이 조금씩 축제의 새로운 모습을 만들어 갔다.

"우리 기숙사도 개방해서 전시장으로 만드는 게 어때? 우리 6번 집,

옆의 7번 집! 이렇게 두 곳 연결해서!"

너무 신이 난 나머지 기숙사까지 공간 확장을 하자고 내뱉은 말에 모두가 당황하며 나를 쳐다봤다. 지나쳤나 생각하던 순간 사유리가 말했다.

"그럼 스쿨버스도 아예 영화관으로 만들어 버릴까?"

끝도 없는 과감한 제안들이 불쑥불쑥 튀어나올 때마다 서로 잠시 당황했지만 누구 하나 "이건 안 될 거야"라는 말을 하지 않았다. 준비 기간 내내 우리 서로가 가장 많이 주고 받았던 말은 "어떻게든 같이 해 보자"였다. 긍정의 엔진을 달고 축제 준비는 야무지게 전진했다.

12월 6일, 드디어 한 달 동안 준비한 축제를 선보이는 날이 되었다. 친구 마리안이 축제 지도를 그려 학교 곳곳에 붙였다. 오후 4시쯤 해가 완전히 졌다. 리나 선생님과 함께 만든 은은한 종이 등불을 축제 공간에 정성껏 놓았다. 도자기 공방의 가마는 1300 C가 넘는 불길로 활활 타오르며 학교를 밝혔다. 유리 공방도 손님을 맞기 위해 도가니에 불을 떼는 작업이 한창이었다. 램프로 밝힌 오솔길을 따라 기숙사에 닿으면 전시장으로 바뀐 6번, 7번 집 창문 틈새로 빛이 새어 나왔다. 스쿨버스 안에도 신비스러운 불빛들이 번쩍거리며 손님을 태우고 떠날 준비를 마쳤다.

한 명 두 명 학교를 찾는 손님들의 발길이 시작되었다. 손님들이 가장 먼저 방문했던 곳은 불가마가 있던 유리 공방과 도자기 공방이었다. 잘 말려 둔 장작이 어찌나 훨훨 타오르던지 굴뚝의 희뿌연 연기가 시꺼먼 밤하늘에 눈발처럼 피어올랐다. 친구들은 돌아가며 공방을 지키면서 손님들에게 유리와 도자기 작업 방식에 대해 설명했다. 체험을 원하는 사람들을 위해 간단한 작업도 함께하며 일일 선생님이 되었다.

"우연아! 우연아!"

어디선가 나를 부르는 다급한 목소리가 들렸다. 쩌렁쩌렁한 목소리와 함께 창문이 흔들리는 느낌을 받았다. 지진이라도 났나 하고 정신을 차려 보니 그 소리는 나를 깨우는 친구들의 목소리였다. 손님들이 버스에 올라타려는데 문이 잠겨 있어서 봤더니 내가 버스 안에서 넋 놓고 자고 있었다는 것이다. 준비 작업에 밤을 샌 후 스쿨버스에서 상영 준비를 마친 후 잠시 쉰다고 앉았다가 잠이 들어 버렸다. 한바탕 소동이 있었지만 빛을 타고 여행하는 우주 공간으로 개조한 스쿨버스에 오른 손님들은 학생들이 만든 영상들을 보며 내내 신기해하고 즐거워했다.

가장 야심차게 준비했던 기숙사 6번, 7번 집에는 끊임없이 손님들이 몰렸다. 빛을 찾아 떠나는 기차로 변신한 집들이었다. 내부에는 미디어 전시, 그림자 체험, 설치 미술, 소리 체험까지 준비해 색다른 경험을 선사했다. 천 마리의 종이학이 도배된 방도 감동이었다. 학생들 모두 함께 나눠 접느라 고생했는데, 손이 커서 못 접겠다고 미꾸라지처럼 도망 다니던 친구들도 그 공간에서만큼은 자신도 한몫 거들었다며 자랑스러워했다.

회화 교실은 지난 3개월간 우리가 만든 작품들이 가득한 멋진 갤러리로 변신했다. 헬렌과 나의 자화상도 나란히 걸었다. 전시한 작품은 판매도 했는데, 가장 많은 작품을 출품했던 라스무스의 작품은 거의 다 팔렸다. 비록 할아버지, 할머니, 엄마, 아빠 등 가족들이 모두 사긴 했지만 빨간 스티커가 붙은 자신의 그림을 보며 열일곱 살 라스무스의 어깨에 힘이 잔뜩 들어갔다.

　학교의 가장 큰 공간인 응접실에는 유리, 도자기, 금속공예와 작은 그림, 판화 작품들을 전시했다. 이제 겨우 석 달 정도 배운 학생들 작품이라 울퉁불퉁하고 모난 것들이 대부분이었지만 못난대로 또 그 의미가 있었다. 방문객들은 골동품 상점에 온 수집가처럼 진지한 표정으로 작품을 감상하고 어설픈 우리 작품을 구매해 갔다. 내 판화도 몇 점 팔렸다. 오고 가는 작품들을 보니 왠지 굴곡진 것도 모난 것도 다 예술로 보였다. 수익금은 모두 지역사회를 위해 기부했다. 그래서 더 의미가 깊었다. 응접실 공간에는 음악 선생님 시몬과 학생인 피어가 기타를 치며 작은 연주회를 열었다.

　밤 7시가 되자 강당에서 동네 합창단의 콘서트를 시작했다. 덴마크인이라면 하나씩은 반드시 소장하고 있는 파란색 표지의 시민학교 음악책을 들고 모두 한자리에 모였다. 합창단의 목소리는 밝고 따뜻했다. 강당을 꽉 채운 동네 주민, 친구들의 가족, 그리고 학생들이 모두 함께 노래를 불렀다. 마지막 곡을 부를 때에는 마주보며 서로를 힘껏 안아 주었다. 따뜻한 온기가 전해지던 그 밤, 저녁 파티를 마지막으로 한 달간 준비했던 '빛의 밤' 축제가 끝났다.

　손님들이 학교를 떠난 뒤, 학생 모두는 한자리에 모여 서로를 위해 박수를 쳤다. 학생들 손으로 만든 축제가 그야말로 반짝반짝 빛이 나는 자리가 되었다. 축제의 가장 큰 힘은 선생님들의 믿음이었다. 중요한 손님들이 오는 행사에 학생들이 혹 실수하지 않을까 불안한 마음도 있었을 테지만, 실수하면 하는 대로 웃어주며 새로운 도전에도 늘 용기를 북돋아 주었다. 그래서 더 편하게 실수하고 더 많이 도전했던 시간이었다.

눈치를 보며 안전선을 넘지 않으려 전전긍긍하며 작업했던 과거의 프로젝트들이 떠올랐다. 믿음이 주는 자유는 축제를 준비하는 내내 우리를 행복하게 만들었다.

"탁! 탁! 탁!"

축제를 마치고 학생 모두 응접실에 모여 손바닥을 맞대며 크게 소리쳤다. '탁tak'은 덴마크어로 '고마워'라는 뜻. 그 순간 내가 그들과 함께 그 자리에 서 있다는 게 진심으로 고마웠다.

피곤한 몸을 이끌고 기숙사로 돌아왔다. 방에 들어와 달력을 보니 며칠 뒤면 한국 수능시험 날이었다. 라스무스가 만약 한국에서 태어났더라면 한국 나이로 열아홉. 오늘 같은 날 이렇게 신나게 놀면서 하루를 보낼 수 있었을까? 문득 14년 전 수능을 보던 날, 아빠와의 추억이 떠올랐다. 우리 학교 3학년 전교생 200여 명은 수능 전날 학교에서 30킬로미터 정도 떨어져 있는 목포 시내의 모텔을 통째로 빌려 하룻밤 묵고 아침에 일어나 시험을 치러 갔다. 지금 생각해 보면 어이없는 일이지만 학교 근처에는 시험장이 없어서 마련한 방법이었다. 아빠는 땅끝마을에서 세 시간이나 운전하고 나를 보러 긴장된 분위기가 가득한 모텔까지 오셨다. 그리고 시험 잘 치라는 듬직한 응원의 눈빛과 함께 투박하게 포장된 40송이의 장미를 내미셨다.

"한 반 친구들이 40명이라고 했지야? 한 송이씩 나눠 가져라잉."

아빠 딴에는 자식 같은 내 친구들 모두에게 좋은 기운을 주고 싶었던 마음이었을 게다. 수능 다음 날, "시험은 어째 부렀냐?" 전화로 물어온 아빠의 질문에 나는 "장미 때문에 마음이 들떠가꼬 망해브렀어"라고 답했다. 땅끝마을이 떠나갈 듯 호탕하게 웃던 아빠의 목소리가 아직도 귓가에 선하다.

열아홉 인생, 그때의 우리들은 충분히 아름답고 소중했다. 누가 당기는지 알 수 없는 출발 신호가 울리면 끝이 보이지 않는 결승선까지 죽어라 뛰는 껌껌한 경쟁 사회를 살고 있었지만 아빠는 열아홉 딸이 친구들과 더불어 빛나는 한 송이 장미처럼 살길 바라셨다. 멀고 먼 덴마크 작은 섬마을에서 원 없이 친구들과 축제를 즐긴 그 밤, 아빠의 장미를 다시 한 번 떠올렸다. '그래 그래, 우리 딸 잘하고 있어' 토닥토닥 응원하며 아빠가 내 옆에서 웃는 것 같았다. '알겠어요 아빠. 반짝반짝 빛나는 아빠의 꽃처럼 그렇게 재미지게 살게요.' 비로소 나도 웃으며 마음으로 화답할 수 있었다.

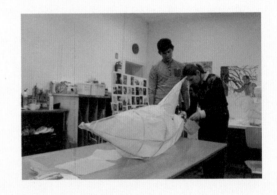

우리가 어떤 모습의
축제를 만들든
학교는 묵묵히 지켜보며
최선을 다해 학생들의
활동을 지원했다.

떠나오지 않았더라면
결코 만나지 못했을
오늘,
학교는 내게 빛이었고
따뜻함이었다.

친구들과 함께 힘을 모아 만든
보른홀름 시민학교 〈빛의 밤〉 축제

'빛의 밤' 이라는 주제로 열린 12월의 겨울 축제. 학생들이 주체가 되어 준비하고 마을 주민들과 학생들의 가족은 손님이 되어 학교를 찾았다. 1년에 한 번뿐인 이 축제를 더 빛나게, 더 따뜻하게 만들고자 친구들과 힘을 모았던 과정과 내용을 간단히 정리해 보았다.

축제 개요

- ◦ 축제명: 보른홀름 시민학교 〈빛의 밤Lys Fest〉
- ◦ 장소: 보른홀름 시민학교 곳곳
- ◦ 주제: 덴마크의 긴 겨울, 학교를 찾은 모든 이에게 선물처럼 드리고 싶은 우리들의 마음 '빛'과 '따스함'
- ◦ 준비 일정

  D-30 축제 기획팀 구성, 축제 주제 정리, 메인 디자인 확정

  D-20 프로그램 확정, 업무 분장, 홍보

  D-10 안내지 인쇄, 과목별 벼룩시장 준비, 버스 스톱모션 영상 공모 완료

  D-5 공간별 안내문과 공간 구성에 필요한 장치 장식물 제작 완료

  D-1 공간 셋팅, 음악회 리허설, 진행 운영 회의

공간 구성과 프로그램

1. 학교 응접실: 학생 작품 전시와 벼룩시장 운영
2. 회화 교실: 비주얼 아트 전시회
3. 도자기공예 교실: 작품 전시와 참가자 도자기 체험
4. 도자기 공방 교실: 도자기 굽는 과정 체험

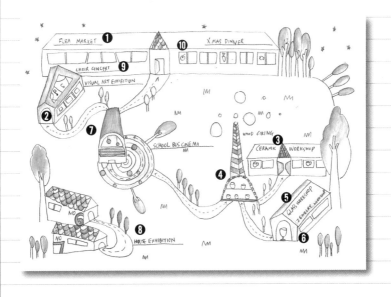

5. 유리공예 교실: 작품 전시와 유리 공예 체험

6. 금속공예 교실: 작품 전시와 금속 공예 체험

7. 스쿨버스: 스톱모션 단편영화 상영과 가장 마음에 드는 작품 투표

8. 기숙사 6,7번 집: 종이학, 어둠 속의 촉감 체험, 영상 상영 등을 '빛의
   여행'이라는 스토리로 풀어내는 설치 미술 전시

9. 강당: 마을 합창단의 콘서트 '빛의 소리 음악회'

10. 식당: 크리스마스 저녁 식사와 와인 파티

저마다의 행복을 찾아 학교로 온 사람들

학교에는 다양한 연령의 학생들이 함께 생활했다. 평균 나이를 확 높인 베릿은 일흔, 레이스는 예순다섯이었다. 이 둘은 심지어 교장 선생님보다 나이가 많았다. 하지만 두 여인의 행동과 표정은 누구보다 활기찼다. 지적 호기심 또한 10대 못지않게 왕성했다. 세상에서 가장 탄탄한 복지 제도를 온몸으로 누리고 살아서 그럴까, 얼굴에 장착된 행복 DNA는 옆에 있기만 해도 또 다른 행복으로 전해져 왔다.

베릿과 레이스는 말끝마다 덴마크에 살고 있는 것이 늘 감사하다고 이야기했다. 나이가 들고 직업이 없어도 불안하지 않은 삶, 지금 그들의 여유는 사실 그동안 냈던 세금이 돌고 돌아 자신에게 다다른 것일 뿐이다. 단 한 명도 빠짐 없이 골고루 행복을 나누어 가지는 세금의 착한 순환, 덴마크의 세금은 부과가 아닌 모두를 위한 희망이었다. 이런 왕언니들에게도 걱정이 있다고 했다. 무슨 걱정이냐고 물으니 노년을 어떻게 더 즐기며 보내야 할지가 고민이라 한다. 함박웃음과 함께 "이거 너무 행복한 고민이지?"라며 웃는다. 사실 더 놀랐던 것은 10대부터 시작된 질문이 아직도 멈추지 않고 있을 뿐이라는 이야기 때문이었다.

학교에서 만난 20대 친구들과도 비슷한 이야기를 자주 나눴다. 스물넷의 아멜리아는 코펜하겐에서 공부를 하다 휴학하고 온 대학생이고, 스물다섯의 크리스티나는 보른홀름 섬에서 나고 자란 토박이로 대학 진학 대신 고향에 남아 취업을 준비하다가 학교에 들어왔다. 어느 늦은 밤, 도자기 공방에서 아멜리아, 크리스티나와 함께 작업을 하다가 서로 다른 문화와 생활, 사고방식에 대해 이야기를 나누었다. 평소 궁금하던 게 있어 조심스럽게 물었다.

"크리스티나, 덴마크에서는 대학교에 가면 학비도 무료고 국가에서 한 달에 5000크로네(한화로 약 90만 원 가량)의 용돈도 준다면서…… 근데 넌 왜 대학에 안 가는 거야? 정말 놓치기 아쉬운 복지 혜택이잖아. 아깝지 않아?"

나로써는 정말 궁금해서 물어본 것인데, 두 사람은 내 질문 자체를 이해하지 못하는 표정이었다. 몇 차례 이어진 설명에도 여전히 눈을 동그랗게 뜨며 갸웃거렸다. 나는 그때까지도 내 질문 자체가 잘못됐다는 것을 깨닫지 못했다. 대한민국의 교육 시스템, 교육비, 취업률, 세금에 대한 배경을 설명하고 난 뒤에야 크리스티나는 질문을 이해했다면서 미안한 기색으로 대답했다.

"음…… 복지제도가 잘 갖춰진 덴마크라는 나라에 살면서 국민인 우리가 해야 하는 가장 큰 의무는, 내가 무엇을 하며 사는 것이 행복한 삶인지를 찾아내는 것이야. 내가 꿈꾸는 삶에 대학 과정의 공부가 필요하다면 대학을 선택하면 되는 것이고 그렇지 않아도 되는 삶이라면 굳이 갈 필요가 없는 거지. 덴마크 젊은이들에게 대학은 자신의 행복을 결정짓는 하나의 요소가 될 수는 있지만 인생을 좌지우지하는 중요한 관문은 아니야. 우리는 공부하고 싶으면 돈 걱정 없이 언제든 마음껏 공부할 수 있고, 아파도 병원비 걱정을 할 필요가 없어. 일정한 소득이 없을 때에도 자립할 수 있도록 국가가 최선을 다해 우리를 도와. 나는 내가 나고 자란 보른홀름 섬에서 혼자 살고 있는 우리 엄마와 함께 사는 게 가장

70대의 베릿, 60대의 레이스, 50대의 헬렌,
40대의 피어, 30대의 나, 20대의 아멜리아,
그리고 열일곱의 막내 라스무스까지.
우리는 친구처럼 티격태격 함께 작업하며,
가족처럼 끔찍이도 서로를 아꼈다.

행복해. 그리고 이곳에서 태어난 사람으로서 섬을 위해 보탬이 되는 일을 하는 게 내 꿈이자 행복이야."

크리스티나의 답변을 듣고 감동과 충격으로 머릿속이 복잡해졌는데 곁에 있던 아멜리아가 말을 보탰다.

"대학을 나오면 아무래도 대학을 가지 않은 사람들보다는 연봉이 많은 직업군에서 일할 수 있어. 그런데 그게 우리에게 특별한 명예를 주는 건 아니야. 우리나라에서는 청소부와 의사가 친구인 것이 너무나 자연스러워. 이 두 직업은 우리 사회에 없어서는 안 될 '직업'이라는 이름에 앞서 소중한 '사람'이고 우리의 '이웃'이야. 의사가 없는 사회를 상상할 수 없지만, 청소부가 없는 도시는 더더욱 상상할 수가 없어. 그리고 대학을 나와서 더 많은 연봉을 받는 사람들은 그들 월급의 70퍼센트까지 세금을 내잖아. 대학생 때 국가로부터 받은 생활비와 학비를 다시 사회에 환원하는 거지."

또박또박 자신의 행복에 대해 정의하고 이야기하는 두 친구의 야무진 모습이 부러웠다. 그리고 왜 이들은 이렇게 많은 세금을 내면서도 억울해 하기보다는 당연한 책임으로 받아들일 수 있는지 명쾌하게 이해가 됐다. 아쉽게도 내게는 고등학교 시절, 나를 행복하게 만드는 것이 무엇인지 물어보는 사람이 주변에 없었다. 어디로 향하는지도 모른 채 끌려가던 욕망 없던 나의 빈 발걸음, 에너지는 왕성했으나 제대로 발휘할 수 없었던 그 열아홉 발걸음을 생각하니 왠지 그때의 내가 안쓰러운 마음이 들었다.

직업으로 사람을 판단하지 않는다는 덴마크인들, 평등 의식이 너무나 자연스럽게 깔려 있어 누구나 떳떳하고 당당하게 자신의 삶을 산다고 했던 아멜리아와 크리스티나의 말은 현실이었다. 학교 안에서 작은 덴마크를 겪으며 나는 매일같이 놀랍도록 평등한 분위기에 압도되었다. 학교 개강 파티에 근사하게 턱시도를 입고 환영사를 날려주던 멋진 중년 아저씨가 다음날 보니 무릎을 꿇고 화장실 변기를 닦던 청소부였고, 학생들 저녁 준비를 위해 야외에서 앞치마를 입고 고기를 굽던 아저씨는 학교 교장 선생님이었으며 보라색으로 머리를 염색하고 우아한 자태를 뿜어내던 아주머니는 세탁실에서 빨래를 하던 청소부장 아주머니였다.

자유와 평등이 학교를 가득 채우고 있었다. 그 누구도 서로의 선택에 대해서 그릇되다 말하지 않았다. 좋은 직업과 나쁜 직업이 따로 없으며, 무언가를 꼭 해야 할 나이도 하고픈 일을 참아야 하는 나이도 이곳에는 없다. 내 눈에 비친 덴마크 사회는 그랬다. 어떻게 사는 것이 가장 행복한지 고민하는 것이 가장 큰 고민이라는 이들의 삶이 부러웠다. 행복을 찾는 연장선에서 학생들은 학교에 들어왔다. 나도 마찬가지다. 느긋한 레이스와 유쾌발랄한 베릿처럼 나 또한 도자기를 빚고 그림을 그리며 나의 행복을 조금씩 찾아가고 있다. '무릇 모든 시작에는 신비한 힘이 깃들어 있어 그것이 우리를 지키고 살아가는 데 도움을 준다'고 한 헤르만 헤세의 말처럼 내게도 '시작'이라는 마법이 온 듯하다.

눈 내리는 밤 도자기를 빚고 구우며

섬마을에 쏟아지는 폭설은 생각보다 아름다웠다. 손바닥 만한 눈송이가 살아서 춤을 추듯 땅바닥에 살포시 내려앉아 온 세상을 하얗게 만들었다. 이렇게 눈이 많이 오는 날에는 도자기 공방에서 대부분의 시간을 보냈다.

도자기 수업의 첫 번째 프로젝트로 나는 가족들에게 보낼 숟가락과 밥그릇을 만들기로 했다. 서울살이 하는 동안 해마다 9월 마지막 주에는 아빠의 햅쌀이 도착했다. 겉껍질만 슬쩍 벗겨낸 현미의 누르스름한 색에는 아빠가 여름내 논에서 보낸 시간이 보였다. 네 자매가 한자리에 앉아 햅쌀로 갓 지어낸 밥을 한 숟가락 떠먹을 때, 그 때의 기쁨과 감동, 그 맛은 어찌 설명할 도리가 없다. 추수까지 끝난 뒤 아빠의 까맣고 두툼한 손은 언제나 찡한 감동이었다. 언제 기회가 된다면 평생 농부로 살아온 아빠의 쌀을 담는 숨 쉬는 그릇과 숟가락을 만들고 싶었다.

흙 한 덩이를 퍼다가 손으로 치대면서 흙 속에 남은 공기를 모두 뺀 뒤, 조물조물 형태를 잡아 그릇을 빚었다. 하나의 도자기가 탄생하기까지 생각보다 많은 과정을 거쳐야 했다. 원하는 형태를 만들고 말린 뒤 첫 번째 굽기, 유약을 바르고 또 다시 말리기, 그리고 마침내 불가마 속으로 도자기가 들어가면 우리들의 일은 끝이 났다. 가마에 불을 지피기 위해 미리미리 장작을 패 놓고 장작이 끊임없이 타오를 수 있도록 장작을 넣어 불을 지켜 주는 일 말고는 이후 모든 작업은 불과 물과 공기가 맡는다. 가마 안에서 모양이 틀어지거나 금이 갈 수도 있고 상상 이상의 빛을 품고 나올 수도 있다. 나는 이런 흙이 가지고 있는 우연의 힘이 참 좋았다.

2주일이 지나 뜨거운 불길을 견뎌내고 밥그릇과 숟가락이 탄생되어 나왔다. 그릇의 가장자리가 아빠가 농사짓는 땅 한 조각으로부터 떨어

내가 만든 흙덩이가 단단한 그릇이
되어 돌아올 때 나는 그것이 어떤 빛을
낼지, 어떤 모양으로 변형되어 나올지
알 수가 없다. 만족과 아쉬움은
내가 길어 나른 정성의 시간이
결정할 뿐이다.

져 나온 생명체 같다. 친구 아멜리아는 내 이름을 새겨 넣은 작은 찻잔을 구워 내게 내밀었다. 다른 색감, 다른 형태지만 흙 냄새가 나는 것은 매한 가지다.

마을과 함께 춤을

여행을 계획할 때 처음 생각은 3개월짜리 수업만 마치고 덴마크를 떠나 미국으로 가려던 것이었는데 학교를 다니며 덴마크에서 더 머물고 싶다 는 마음이 점점 커졌다. 이른 아침 한국 시간에 맞춰 주한 덴마크 대사관 에 전화를 걸었다.

"한국으로 오셔서 절차를 다시 밟아야만 합니다."

대사관 담당 사무관의 냉담한 응답을 수화기 너머로 듣고, 다음 달 에 덴마크를 떠나야만 한다고 생각하니 급작스럽게 우울해졌다. 교장 선생님께 상황을 설명하고 상의를 드리는데 속상한 마음에 내내 울상으 로 앉아 있었나 보다. 그런 내가 걱정되셨는지 교장선생님은 되려 활짝 웃어 보이며 말씀하셨다.

"우연아, 비자 문제는 학교에서 도와줄 테니 걱정 말고, 얼른 강당으 로 가봐!"

매주 화요일은 지역 어르신들을 위한 포크댄스 강좌가 강당에서 열 렸다. 몇몇 친구들과 나는 저녁 7시에 열리는 포크댄스 강좌가 너무 좋 아 매주 그 시간을 기다리곤 했다. 바이올린과 아코디언의 경쾌한 연주와 함께 자연스럽게 수업이 시작되었다. 할머니 할아버지들의 눈빛과 발동작이 어찌나 진지하던지 처음 몇 주는 실수하면 안 될 것 같아 긴장의 연속이었다. 손을 맞잡고 눈을 마주치며 발을 구른 뒤 뱅그르르 하고 도는데 자꾸 손과 발이 따로 놀았다. 박자를 잘못 맞춰 손뼉 마주치기가 어긋나기도 하고 반대편으로 돌아 파트너를 잃은 적도 한두 번이 아니었다. 그럴 때마다 어르신들은 웃으며 격려해 주었다.

넷 이상만 모이면 포크댄스를 춘다는 덴마크 사람들, 마을 사람들은 적어도 일주일에 한 번은 학교에 모여 춤을 추며 마음은 평안한지 몸은 건강한지 안부를 묻는 시간을 가졌다. 같은 리듬 안에서 같은 속도로 살아가는 섬사람들의 하루가 포크댄스와 참 많이 닮았다는 생각이 들었다. 맞잡은 손에서 전해지는 따뜻한 온기가 오늘 하루 당신이 있어 행복했다고 속삭이는 듯했다. 150년 전 시민학교를 만든 그룬트비가 어디선가 몰래 숨어 이 모습을 지켜보고 흐뭇하게 웃고 있을 것 같다. 매주 화요일, 이들과 함께 한바탕 춤을 추고 나면 나도 마을의 일원이 되고 싶다는 생각이 들었다.

학교에 더 머물고 싶다는 마음이 간절해진 데에는 유익했던 수업과 프로그램도 한몫을 했지만 무엇보다 학교가 가진 열린 자세에 감동했던 게 더 컸다. 시민학교는 지역 주민들에게 언제나 활짝 열려있는 공간이었다. 조건 없이 지역 주민들과 공간을 공유하고 학교가 가진 재능들을 지역사회와 함께 나눴다. 섬 안팎으로 나타나는 사회문제에도 적극 개입하고 사라져 가는 지역의 문화를 지키고 보존하는 데도 많은 노력을 했다.

한번은 마을 주민들 모두 모여 섬에서만 사용하는 '사투리 지키기 퀴즈쇼'를 열었다. 주민 대부분이 섬에서 나고 자란 토박이었지만 오래전 없어져버린 사투리는 그들에게도 결코 쉽지 않은 문제였다. 스무 개의 팀이 각각의 테이블에 모여 앉아 서로 경쟁했는데, 나도 한자리 끼어 앉았다. 덴마크어로 진행되는 거라 무슨 소리인지 알아들을 수가 없었지만 말투와 억양에서 진지함이 느껴졌다. 전혀 감 잡을 수 없는 문제에 어르신들은 그냥 찍기에 바쁘기도 했다. 우리 팀 할머니가 "몰라. 몰라. 그냥 찍어. 3번이 느낌이 가장 좋네!" 하고 말해, 그에 따랐는데 운 좋게 정답이었다. 어쩌다 정답을 맞춘 이 할머니는 우리 팀에서 스타가 되었다.

또한 학교는 구성원이 가진 재능들도 나눴다. 음악을 전공한 교장 선생님은 한 달에 한 번 클래식 강좌를 열었다. 공동 교장 선생님인 릴리안도 문학 강좌를 열어 주민들과 함께 시를 읊고 글 쓰기를 지도했다. 무료로 진행하는 다양한 강좌 덕분에 주민들은 자연스레 학교를 오갔다. 보른홀름에서 나고 자란 릴리안은 섬을 찾은 관광객들에게 가이드 역할도 자처했다. 스쿨버스를 타고 섬을 탐방할 때마다 릴리안은 버스 맨 앞자리에 앉아 동네 해설사가 되어 재미있는 이야기를 많이 들려 주었다. 그녀가 얼마나 보른홀름을 사랑하는지 매번 느낀 시간이었다.

학교는 지역의 문제에도 적극적으로 나섰다. 급작스럽게 시리아에서 엄청난 수의 피난민들이 덴마크에 들어온 적이 있었다. 신문은 온통 피난민 이야기로 떠들썩했다. 그러나 정작 덴마크 친구들은 그 사건에 크게 동요하지 않아 의아했는데 알고 봤더니 오래전부터 계속되어 왔던 문제라고 했다. 그래서 이 사안에도 저마다 다른, 다양한 생각이 공존했다. 학교는 학생들과 함께 난민 문제, 그리고 학교의 역할에 대해 이야기하고 싶어 했다. 다양한 이야기들이 오갔고 '도와야 한다'는 방향으로 의견이 모였다. 주말에는 조를 짜서 시내에 나가 성금 모금을 하고 스무 명의 피난민을 학교로 초청해 2주간 함께 지내며 가까이에서 서로 이해하는 시간도 가졌다. 처음에는 괜히 우리 때문에 아픈 기억들을 또 끄집어내는 것은 아닐지 걱정이 되어 말도 붙이지 못했다. 하지만 먼저 마음을 열고 다가오는 이들은 그들이었다.

이런 자리를 마련해 준 학교는 우리가 어디에서 왔는지는 중요하게 생각하지 않았다. 다만 누군가가 아프다면 그 아픔을 함께하고 슬픔을 어루만져 주는 데 집중했다. 학교는 배우고 가르치는 교육 공간으로서의 기능을 뛰어넘어 그 자체로 따뜻한 작은 덴마크였다.

대사관으로부터 냉담한 대답을 받은 지 보름 즈음 지났을까, 교장 선생님께서 나를 불렀다. "우연아 네 앞으로 편지가 왔어" 하며 내민 두툼한 편지를 받아 들고 방에 들어와 조심스레 봉투를 뜯었다. 편지에는 학생 비자를 취득하였으니 발급일로부터 8개월까지(신청한 기간은 6개월이었는데 여유 있게 주었다) 행복한 덴마크 생활을 하라는 내용이 담겨 있었다. 함께 들어 있던 노란색 의료복지 카드에는 내 이름과 함께 8개월간 나를 돌봐 줄 동네 주치의 이름이 나란히 적혀 있었다. 몸이 아프면 의료비가 무상이니 편하게 병원을 찾으라는 친절한 메시지와 함께였다. 혹시나 해서 신청했던 덴마크 정부 장학금에도 선정이 되었다. 덕분에 외국인 학생의 한 달 학비인 80만 원이 20만 원으로 훌쩍 줄었다. 한 달에 20만 원으로 공부하고, 먹고, 자고, 아플 때 돌봐주는 주치의까지 생겼다. 그 안에는 단순한 물질적 지원을 뛰어넘어 따뜻한 배려와 관심이 존재했다. 8개월짜리 복지카드를 쥐고 있으니 정말 동네의 일원이 된 듯, 마음이 따뜻해지고 든든해졌다. 매주 화요일 포크댄스를 추며 마음에 품었던 동네의 일원이 되고 싶다던 터무니없는 소원이 이루어진 것 같았다. 손잡고 빙글빙글 돌던 친구들이 오랜 나의 벗 같고 방긋이 웃으며 콩콩콩 발을 구르던 할아버지 할머니가 내 가족 같이 느껴졌다.

일흔이 넘은 할아버지 할머니들은
못 맞춘 정답 앞에
아쉬운 탄성을 내쉬고
어쩌다 맞춘 답 앞에서는
어린 아이처럼 기뻐했다.

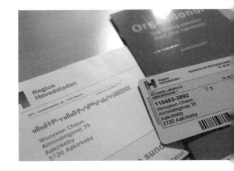

덴마크 사회는 우리 모두에게
혼자가 아니니 걱정하지 말라는 말을
끊임없이 건네고 있었다.

마음 속 나의 고향, 예술 보물섬 보른홀름

자연이 만들어 낸 모양, 색, 내음 그대로를 품은 섬, 그 섬이 바로 보른홀름이다. 사계절 아름다운 바다 풍경은 물론 울창한 숲이 끝없이 우거진 새파란 섬이 나는 참 좋았다. 혼자서 자전거를 타고 하루 종일 섬을 돌아다니기도 하고, 섬에서 작업하는 예술가의 작업장을 방문하기도 했다. 때로는 끝도 없는 들판을 하루 종일 혼자서 걷기도 했다. 그야말로 섬은 나에게 찬찬히 모험하고 싶은 판타지 동화책 속 세계 그 자체였다.

학교 뒤편 숲을 가로질러 걸어 올라가다 보면 에코달렌이라는 커다란 절벽이 하나 있었다. 이름 그대로 해석하면 메아리계곡이다. 매해 수만 명이 찾아올 정도로 유명한 에코달렌은 그 자태가 아름답기도 아름답지만 보른홀름 마을의 역사를 모두 품고 있었다. 한때 덴마크 지역에 가축 방목이 극히 제한적이었던 시절에 국가에서 유일하게 방목의 자유를 준 곳이기도 하고, 마을의 중요한 일이 있을 때 에코달렌의 우물에서 제를 올리기도 했다. 에코달렌 바로 앞에 있는 헌터하우스는 가축을 보살피다 지친 마을 사람들의 안식처가 되어 주었다. 섬 사람들의 슬픔, 자유, 쉼을 품고 있는 곳이 바로 에코달렌이었다.

학교에 들어오고 난 뒤 에코달렌은 나에게도 특별한 공간이 되었다. 속상한 일이 생기면 그곳에 가서 마음껏 소리를 질렀다. 절벽은 온몸으로 받아 주었다. 질러 낸 소리는 골짜기에서 잠시 멈추었다가 맞은편 절벽에 부딪혀 되돌아왔다. 반사된 소리가 그대로 내게 다시 돌아오긴 했지만 공기 속에서 한 번 걸쭉하게 희석된 소리는 처음 내뱉은 소리에서 슬픔을 걷어낸 느낌이었다.

한겨울 날씨에도 굴하지 않고 나는 매주 섬을 탐방하는 모험가로 변신했다. 하루는 아침 일찍 일어나 자전거 바퀴에 바람을 빵빵하게 채우고 점심으로 샌드위치와 따뜻한 커피를 챙겨 자전거 여행을 떠났다. 그날의 계획은 섬에 펼쳐진 숲이란 숲은 모조리 찾아 달리는 것이었다. 지도도 없이 무작정 학교를 나와 울창한 숲을 향해 마음 가는 대로 페달을 굴렸다. 혹시나 돌아올 때 길을 잃을까 가던 길이 두 군데로 갈라지는 곳에서는 잠시 멈춰 큰 나뭇가지를 주워다가 그 자리에 흙을 파서 심어 두거나 울타리에 꽂아 나만의 표시를 만들어 두었다. 그래도 헷갈리면 연습장을 꺼내 달려온 길을 되짚어 듬성듬성 그림으로 그렸다. 숲 속으로 더 깊숙이 들어가면 갈수록 전혀 상상하지 못한 동네들이 나타났다.

마을 입구의 울타리는 마치 내가 오는 걸 알고 환영하듯 활짝 열려 있었다. 마을 사람들은 수제 잼과 삶은 달걀, 새 것처럼 보이는 털장갑이나 모자들을 울타리 옆 테이블 위에 가지런히 진열해 두었다. 필요한 사람들은 자신이 원하는 금액을 박스에 넣고 가져가면 됐다. 도시락으로 싸 온 샌드위치가 심심할 것 같아 수제 잼을 사서 숲 속 한가운데로 이동했다. 자리를 펴고 잠시 누웠다. 눈앞에 펼쳐진 겨울 숲의 색, 구성, 배열이 한여름에 만난 스코틀랜드 풍경과 겹쳤다. 앙상한 나뭇가지 하나에 온 우주가 담겨 있는 듯, 자연 속 예술을 경험하는 경이로운 순간이었다.

2시밖에 안 되었는데도 숲에는 어둠이 생각보다 빨리 내려앉았다. 더 어두워지기 전에 여행을 마치고 학교로 돌아가야 했다. 감각대로 가 보자 했던 것이 반대 방향으로 질주했던 모양이다. 길을 잃어버렸다. 표시

해 둔 나뭇가지, 꽃꽂이는 아무리 찾아 봐도 없었다. 혹시나 하고 그려 두었던 엉터리 지도도 다시 살펴봤지만 완전히 방향감각을 잃었다. 숲 속에는 지나가는 사람 한 명 없고, 커다란 자전거 바퀴를 돌리느라 남은 힘도 다 써버렸다. 큰 도로로 나와 사방을 두리번거리자 저 멀리 두 팔을 벌리고 듬직하게 서 있는 에코달렌이 보였다. 에코달렌을 향해 자전거 페달을 있는 힘껏 밟았다. 학교로 돌아가는 길, 눈물 날듯 눈부시던 아름다운 석양을 만났다. 그 빛이 얼마나 금쪽같던지 보른홀름 섬 전체가 노란빛으로 넘실넘실 가득 찼다.

보른홀름 섬에는 해안선을 따라 바다를 끼고 있는 공방들이 무척이나 많다. 겨울이 되기 전 보른홀름 현대미술관을 찾았다. 보른홀름 현대미술관은 바다를 마주하고 너른 조각공원을 품고 있어 세계에서 가장 아름다운 미술관으로 손꼽히는 덴마크 루이지애나 미술관과 견주어도 손색이 없을 정도로 아름다운 공간이었다. 미술관에는 그림과 그림 사이 커다란 창이 유난히 많았다. 큰 창 안으로 비친 너른 바다와 조각 공원이 작품의 일부처럼 다가왔다. 창문이 열린 곳에서 넌지시 불어오는 바닷바람과 따스한 햇빛은 그림 감상에 또 하나의 행복이었다.

전시장 바닥에 얇게 패인 선이 미술관 전체를 감싸고 있는 것 또한 특이했는데, 패인 공간에는 발트해의 바닷물이 전시장을 타고 흘렀다. 졸졸졸 흐르는 물소리를 따라 공간을 이동하다 보면 이곳이 전시장인지 숲 속인지 착각할 정도였다. 가장 인상 깊게 봤던 작품들은 보른홀름에서 태어나 지역에서 작업했던 근대 작가들의 그림이었다. 그림에 담긴 100년 전 섬의 모습과 지금의 섬 모습을 비교해 볼 수 있는 유익한 시간이었다. 작품을 감상하는 동안 꽤 많은 시간이 흘렀는데도 피곤하기는 커녕 에너지가 되려 듬뿍 차올랐다. 다닥다닥 붙은 그림들 대신 창을 크게 내어 눈이 편안함을 느꼈는지도 모르겠다.

학교처럼 생긴 긴 건축물 형태에 발트해가 운동장처럼 펼쳐진 발틱해 유리공방Baltic sea glass에도 방문했다. 작업장의 대표인 마이브릿과 피트가 반갑게 맞아 주었다. 내가 이들의 작업을 눈여겨보기 시작한 것은 '푸른 바다'라는 작품을 보고 난 뒤부터다. 작업장 뒤로 시원하게 펼쳐진 바다도 꽤 인상 깊었는데, 매일같이 이 바다를 바라보며 영감을 얻어 작업한다는 작가들의 작업 방식이 내게 무척 매력 있게 느껴졌다. 공방에는 어느 하나 비슷한 것이 없을 정도로 다양한 창작품으로 가득했다. 덴마크 전역의 유리공예 애호가들이 겨우내 이들의 작품을 기다리다 여름이 되면 섬을 방문해 완성품을 구매해 갔다. 1년을 기다리며 작품을 응원하는 이들이 있기에 발틱해 유리공방은 매일 새로운 것을 시도하고 도전하는 창작 활동이 가능할 것이다.

보른홀름 섬은 열여섯 이후로 멈추어 버린 나의 모험심을 다시금 돋아나게 만들었다. 살아가며 언젠가는 지치고 힘든 날이 올 것이다. 그럴 때마다 마음속 나의 고향, 이 섬을 떠올리게 될 것 같다. 자전거를 타고 숲을 가로지르며, 공방에 들러 예술작품들을 만나고, 꽁꽁 언 땅을 마음껏 밟으며 소리치고 상상하던 곳, 아름다운 나의 섬 보른홀름.

Baltic Sea Glass

Alle ugens dage
Daily 10 -17

Tlf./tel: 5648 5641
Mobil: 5151 5490

바다를 배경으로 한 유리 진열장 위,
빈 유리그릇 여러 개가 나란히 놓여 있었다.
눈을 낮추어 그릇을 바라보니 유리그릇에
새파란 바닷물이 금세 가득 들어 찼다.
창에 비친 형광등까지 달빛처럼 반짝이니
이 보다 더 아름다운 그릇이 세상에 또 있을까.

발트해의 바람 때문일까,
도예가의 그릇에서는
바람 냄새, 바다 냄새가
그윽했다.

이웃집 아저씨 공구 창고도
아이들이 그린 낙서 같은 그림도
섬을 아름답게 채웠다.

또 다른 누군가를 위로하는 마음으로

학교에 대한 기대는 마음껏 그림을 그리며 억눌렀던 지난 나의 감정들을 자유롭게 하는 딱 그 정도면 충분하다고 생각했다. 하지만 덴마크는 문화기획자로 살고 싶다는 열일곱의 어린 소녀에게 편견 없이 세상을 다시 마주하는 기회를 주었다. 학교는 나에게 상상하는 대로 마음껏 도전할 수 있는 실험의 공간이었다. 윗사람 눈치 보다가 놓쳐 버린 기회들, 스스로 옭아맨 한계 때문에 더 도전할 수 없었던 것들, 내 것을 챙겨야만 한다는 욕심 때문에 엉크러진 협업 작업들, 지난 6개월 자유로운 학교 분위기 속에서 나는 이 모든 것을 어떻게 다시 회복하고 다루어야 할지 배웠다. 과정이 생략된 결과를 만들지 않기, 성과 위주의 일을 만들고 허겁지겁 마무리하지 않기, 모호함에 대한 인내심 키우기. 한국에 돌아가 실천해야 할 것들이 많아졌다. 학교가 지난 시간 내게 깨우쳐 준 것들은 생각보다 훨씬 깊었다.

공식적으로 학기가 끝나기 전, 나는 미국 일정 때문에 다른 친구들보다 먼저 덴마크를 떠나야 했다. 떠나기 일주일 전부터는 함께했던 친구들 덕분에 나는 더 특별한 사람이 되었다. 친구들은 학교 지도를 그려 게시판에 붙여 놓고 나와 함께한 추억의 장소에 편지를 올려 둔 뒤 지도 위에 편지 위치를 표시했다. 나는 친구들이 표시해 둔 장소에 가 편지를 찾아 읽고 지도에 발견했다는 뜻으로 동그라미를 그렸다. 지도는 매일 매일 새로 놓이는 편지 때문에 표시가 늘고 그만큼 동그라미도 많아졌다. 잠깐 사이에 한 개가 두 개가 되고, 두 개가 세 개가 되었다. 그런 만큼 우리의 추억도 고마움도 배로 늘었다.

마지막 날 밤, 에코달렌에 마지막으로 인사하러 가자는 친구들 이야기에 밤 마실을 나섰다. 헌터하우스에 불이 반짝거려 동네 주민들이 파티를 하는 줄 알고 그냥 지나치려는데 문에 붙어 있던 종이를 보고 꾹 눌렀던 감정이 터져 버렸다. '떠나는 당신을 위한 마지막 비밀 파티'. 헌터하우스를 빼곡히 둘러싼 숲 속의 나무들 사이에 보른홀름 별들이 주렁주렁 매달렸다. 그날 밤 나는 세상에서 가장 아름다운 파티를 선물 받았다.

여행을 마치고 한국에 돌아오자마자 한국 도자책과 미술책들을 사서 학교에 보냈다. 엉망진창이었던 나의 마음을 위로해 준 덴마크가 고마웠다. 나처럼 위로가 필요한 누군가가 읽었으면 좋겠다는 생각이었다. 대한민국의 예술 감수성이 누군가에게 영감을 주는 좋은 기회가 되길 바라는 마음과 함께.

매일 드나들던 문, 지난 학기 내 책상 위,
함께 밥 먹던 식당 테이블, 뜨개질 하던 소파,
강당의 피아노, 헌터 하우스,
에코달렌 가는 길, 뒷마당 빨랫줄까지
덴마크에서 나는 충분히 위로 받고 사랑 받았다.

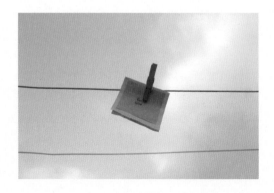

나는 친구들에게 김광석의 노래를 자주 들려 주었다.
'바람이 불어오는 곳, 그곳으로 가네'
수업이 없는 날에는 산이고 들이고 기타와 아코디언을 메고
걷다가 멈추어 연주하고 또 웃다가 노래했다.
떠나오지 않았더라면 결코 만나지 못했을 그 길,
서른셋에 만난 이 친구들이 곁에 있다는 것이 행복하다.

미국·미네소타

아픔과 치유가 함께하는 미국

Minnesota

예술은 우리 삶에 무엇을 할 수 있을까?

서울에서 문화기획자로 일한 지 5년 차 되던 해, '예술을 통한 공동체 회복'이라는 제목의 기사를 접했다. 문화예술 단체가 지역사회의 문제 해결에 적극 앞장선 사례로 미국 미네소타 주의 한 마을 이야기를 소개했다. 내가 갖고 있는 미국에 대한 이미지는 백인우월주의가 나날이 팽배해 가고, 세계화를 주도하며 지역성을 해체시키는 부정적인 면이 컸는데 그런 나라에 지역 예술운동이 꽤나 오랜 역사를 가지고 있다는 사실에 놀랐다.

    2012년 서울시에 박원순 시장이 취임하며 '마을'에 대한 관심이 급작스럽게 높아졌던 때, 내 고민을 정확하게 짚었던 기사다. 새로운 시장

취임과 함께 시정 방향이 변하며 '디자인 도시', '르네상스'라는 주제로 보여 주기에 초점을 맞췄던 문화예술 사업이 '마을', '동네' 같은 우리의 일상으로 깊게 들어왔다. 당시 내가 다녔던 회사의 주요 업무가 서울시의 문화예술 사업 대행이었기에 달라진 정책 방향에 맞춰 기획의 방향도 급선회했다. '시민 참여'나 '마을'을 중심에 둔 사업은 문화예술의 문턱을 낮추고 사람들에게 쉽게 먼저 다가가야 하는 특성을 갖고 있지만 기획자의 입장에서는 오히려 더 쉽지 않은 일이었다. 이론이나 거대담론으로는 해결할 수 없는, 사람과 부대끼며 깊이 알아가는 시간이 필요했다. 나는 문화예술이 마을 안에서, 나아가 지역사회에서 어떻게 선한 영향력을 미칠 수 있을까 깊이 고민하기 시작했다.

그전까지 나의 역할은 축제와 문화 행사를 통해 일상을 벗어난 특별한 하루를 사람들에게 선물하는 것에 그쳤다면 '마을'이라는 주제를 마음에 담은 이후부터는 축제를 통한 경험이 각자 일상으로 돌아간 뒤에도 의미를 가졌으면 하는 데까지 다다랐다. 가정, 동네, 일터까지 끌고 가는 예술의 긍정적인 힘에 대해 고민했다. 돈으로 계약된 갑과 을 사이의 사업으로 문화예술을 대했던 지난날의 내 모습이 갑자기 부끄러워졌다. 이런저런 고민이 쌓여갈 때 평소 알고 지내던 작가에게 흥미로운 미국의 두 극단을 소개 받았다. 이야기를 나누다 보니 그중 하나가 앞서 언급했던 기사 속 미네소타의 그 마을 이야기라는 사실을 알게 되었고, 반가운 마음이 더했다.

첫 번째 극단은 1963년 미국 버몬트에서 시작한 '빵과 인형 극단 Bread and puppet theatre'이고 다른 하나는 1973년 창단한 미국 미네소타의 '야수의 심장 인형 극단In the heart of beast puppet and mask theatre'으로 기사로 접했던 곳이었다. 서로 활동하는 지역은 다르지만 두 극단은 닮은 점이 참 많다. 국가에서 지원하는 보조금 없이 독립적으로 극단을 40년 이상 운영했다는 점, 지금도 여전히 마을 주민들과 함께 인형 공연을 제작하고 있다는 점, 극단의 일이라면 버선발로 뛰쳐나올 자원봉사자가 100명은 거뜬히 넘는다는 점이다. 무엇보다 지역사회의 문제를 예술(주로 종이로 만든 대형 인형 거리 퍼레이드나 연극)로 연결 짓고 변혁을 이끌어내는 데 탁월한 재능을 가지고 있다는 사실이다.

나는 두 극단의 활동을 더 깊이 있게 찾아 보기 시작했다. 그리고 창작 예술 활동이 사람들의 일상에 가까이 다가가서 변화를 이끌어 내는 기획을 해 보고 싶다는 생각을 꾸준히 했다. 그러면서 불안정한 마을에 기꺼이 뛰어들어가 인생의 반절을 주민들과 함께 보낸 빵과 인형 극단의 페터 슈만과 야수의 심장 인형 극단의 샌디 스필러를 직접 만나고 싶다는 마음이 더 절실해졌다. 여행을 기획하며 생각하고 바라던 것들을 천천히 실천에 옮기면서 두 극단을 모두 방문하고 싶었지만 그 중 하나를 선택해야 했다. 당시 극단에서 진행하고 있던 작품 활동들과 분위기가 결정에 큰 몫을 했다. 빵과 인형 극단은 축제, 인형극보다는 인형 박물관을 운영하는 데 중점을 두고 있었고 야수의 심장 인형 극단은 2016년 메이데이 축제 준비로 한창 바쁜 시간을 보내고 있었다. 야수의 심장 인형 극단에서 훨씬 더 활발한 분위기가 느껴졌다. 그리고 무엇보다 홈페이지에 올해의 메이데이 축제 봉사자와 인턴 작가를 뽑는다는 공고도 올라 있었다. 그날 저녁 샌디에게 조심스럽게 이메일 한 통을 보냈다. 제대로

1930년에 세워진 이 건물은
최고의 할리우드 영화와
예술영화를 상영했으나
60년대에 들어 포르노
축제를 주관하는 퇴폐
시설로 전락했다.
이웃 주민들의 거센 반발로
1984년에 극장이 폐쇄되고
결국 1990년에
마을 주민들이 성금을 모아
보탠 덕분에 야수의 심장
인형 극단이 둥지를 틀게
되었다.

나는 두 극단의 활동을 통해 '결과보다 과정이
더 중요하다'라는 진부한 그 말을 다시 한 번
곱씹었다. 이들이 만들어 내는 것은 단순한 작품이
아니었다. 매년 쌓여가는 동네의 이야기였다.
한 사람 한 사람의 삶이었다.

배우고 싶은 마음에 그의 집에서 함께 지내고 싶은 욕심까지 냈다면 지나친 것일까? 샌디의 생각과 삶의 발자취를 바로 옆에서 지켜보고 싶던 내 마음을 그대로 메일에 옮겨 적었다. 흔쾌히 나의 제안을 허락한 그는 자신의 집 2층에 가장 볕이 잘 드는 방을 내어 주겠다고 했다. 2016년 메이데이 축제에 인턴 작가로 참여하기로 결정하고 미국에서 만나기로 약속했다. 샌디의 답장을 받던 그 기쁜 날 저녁, 나는 이렇게 일기를 썼다.

자본주의의 메카 미국에서 결코 상상할 수 없었던 마을 중심의 예술운동 사례를 만나고 그 중심을 지킨 기획자를 만나러 간다. 거대한 콘크리트 덩어리 위에 놓인 복잡한 도시의 삶에서 공동체 회복을 경험하기를. 시선은 맨홀 바닥 아래의 노동자들에게 향하고, 마음은 이민자들의 고된 삶 속에 있기를 두 손 모아 바라는 밤!

버몬트 지역 공동체의 중심이 된 '빵과 인형 극단'

빵과 인형 극단은 독일인 페터 슈만과 그의 아내 엘카가 함께 만든 인형극에서
출발했다. 조각가이면서 댄서이기도 하고 빵을 굽는 제빵사이기도 했던 페터는
독일을 떠나 미국 버몬트 주에 있는 퍼트니 학교에서 인형극을 가르쳤다.
그리고 동네의 창고를 개조해 자신이 만든 인형극을 공연하며 극장을 찾은
관객에게 부부가 직접 구운 빵을 나누어 주었다. 그러면서 자연스럽게 극단의
이름이 만들어졌다.

페터는 자신들이 생산하는 예술은 '값이 싼 예술'이라 통칭하며 예술의
실용적인 면을 부각시키고 강화했다. 예술은 매일 먹는 음식이고, 언제나
곁에 있는 친구이며, 쉽게 만나는 들풀 같다고 했다. 그들의 모든 작품은 사회
변혁을 이끌어내는 생산적인 형태로 세상에 태어났다. 베트남 전쟁이 한창일
때 무기 대신 종이 인형을 들고 도시 공간에 유쾌하게 나타나 알록달록한
그림을 그려가며 국가 권력을 풍자하고 조롱했다. 또한 자본 앞에서 버림받은
원주민들의 상처를 보듬는 데에도 혼신의 노력을 다했다. 이러한 모든 활동에는
진실한 마음과 따끈한 빵이 언제나 함께 따라다녔다. 빵은 네 편 내 편 가르지

않고 허기진 마음을 달래는 모두의 양식이었다.

공연하고 투쟁하며 빵을 나누어 먹다 보니 50년이라는 세월이 훌쩍 지나갔다.

열 명 남짓으로 출발했던 극단은 이제 살아 있는 마을이 되었다. 생각과
실천들이 모여 진짜 삶을, 마을을 만들어 낸 것이다. 새로운 예술가들도 마을에
끊임없이 들어오고, 지역사회에서도 극단의 사업을 지원하며 필요한 자원을
아낌없이 제공했다. 동네 아이들은 극장에서 뛰어놀며 성장하고 부모들은
지역사회의 일이라면 극단과 함께 발 벗고 뛰어다니며 마을일을 도맡았다.

빵과 인형 극단은 보다 나은 사회의 정의를 위해 자신들을 필요로 하는
곳이라면 세계 어디든지 찾아갔다. 이런 삶이 그들의 본능인 듯 주저하지 않고
연대가 필요한 곳으로 날아가 활동한 것이다. 본능을 부정하지 않고 따르는 삶,
불안하고 부패한 거대 제국에 끊임없이 예술로 일침 하는 삶, 어쩌면 이 삶이
'빵과 인형 극단'에게 내려진 숙명일지 모르겠다.

– 빵과 인형 극단 홈페이지: www.breadandpuppet.org

차별에 맞서 사회를 움직이는 예술 '야수의 심장 인형 극단'

야수의 심장 인형 극단은 데이비드와 레이가 1973년에 설립한 극단이다.
극단은 사람을 생각하는 예술이 지역사회의 문명에 필수라 여기며 긍정적
예술이 사회변혁을 이끄는 변화의 주최가 될 수 있다고 믿었다. 창립 당시
그들은 빵과 인형 극단이 추구하는 실천적 예술 활동에 굉장한 영감을
받았고 그들의 창작 행위와 극단의 이념을 적극 옹호했다. 이후 '모든 사람은
예술가'라는 믿음을 가진 샌디 스필러까지 극단에 합류하며 미네소타
지역사회에서 일어나는 이슈에 예민하게 반응하는 극단으로 자리 잡았다.
초기 극단 이름은 근처 공원의 이름을 따 '파우더혼 공원 극단Powderhorn park
theatre'이라 지었다.

당시 미국의 이민법 규제 완화로 아메리칸 드림을 꿈꾸며 미네소타에도

이민자들이 대거 흘러 들어왔다. 두 팔 벌려 환영하던 미국은 얼마 가지 않아 멕시코, 아프리카에서 온 다른 인종 이민자를 대놓고 차별했다. 그때부터 극단은 교회 작은 지하실에 세를 얻어 길거리 청소년, 이민자, 동네 사람 모두를 위한 인형극 워크숍을 진행했다. 1975년 5월 1일 노동자의 날, 그동안 함께 워크숍을 참여했던 사람들은 자신이 만든 인형들을 가지고 나와 자신들이 하고 싶은 이야기를 마음껏 소리치며 미네소타 거리를 씩씩하게 행진했다. 그것이 바로 지금 극단을 대표하는 '메이데이 축제'의 시작이었다.

메이데이 축제와 함께 성장한 극단은 이후 17년만에 지하실에서 나와 300석 규모의 아르데코 건축 양식의 영화관인 아발론 극장Avalon Theatre으로 들어가게 된다. 마을 주민들과 함께 모은 성금 덕분에 가능했던 기적이었다. 이때 극단의 회원이자 시인이었던 스티븐 린스너는 '파우더혼 공원 극단'이라는 이름 대신 지금의 '야수의 심장'이라는 이름을 제안했다. 야수의 심장 속에 사는 예술가들의 모습을 상상하며 지은 이름이라 했다. '야수의 심장 속에 사는 예술가는 자연의 균형을 거스르지 않는다. 타고난 전투 능력으로 사회 변혁을 위해 용맹스럽게 싸운다. 끊임없는 창작활동을 지속시키는 마르지 않는 야성의 피를 가진다.'

44년이라는 긴 시간이 흐르며 극단의 몸과 마음은 더욱 단단해졌다. 마을 사람들은 극단이 없었더라면 마을이 성장할 수 없었다 하고, 극단은 마을 사람이 없었다면 지금의 극단은 존재하지 않았을 거라 한다. 서로가 서로에게 없어서는 안 될 운명적인 만남이다.

– 야수의 심장 인형 극단 홈페이지: www.hobt.org

실수 덕분에 만난 진짜 미네소타

5월 1일 열리는 메이데이 축제를 준비하기 위해 작가들은 그해 2월부터 서서히 회의를 진행한다. 3월부터 본격적으로 시작하는 일정에 하루라도 빨리 가고 싶어 샌디에게 2월 중순까지 가겠다고 메일을 보낸다는 것이 실수로 3월이라고 적어 보냈다. 미네소타 공항에 도착한 날, 마중 나오기로 했던 샌디는 어디에도 없었다. 뭔가 이상한 느낌이 들어 주고 받았던 메일을 다시 확인하고서야 내가 무슨 실수를 저질렀는지 알게 됐다. 공항 직원의 도움을 받아 극장에 전화를 걸었다.

"안녕하세요. 저는 한국에서 온 천우연이라고 하는데요, 혹시 샌디와 통화할 수 있나요?"

회의를 하다 말고 내 전화를 받은 샌디는 당황한 목소리로 "거기에서 조금만 기다려요. 곧 갈게요" 하고서는 부랴부랴 나를 데리러 공항으로 달려왔다.

"제가 조금…… 일찍 도착했죠?"

서먹한 분위기에서 내가 먼저 말을 건넸다. 한 시간도 아니고 한 달이나 일찍 공항에 도착한 나를 샌디는 엄마처럼 안아주며 웃었다. 실수로 첫만남이 앞당겨진 덕에 2주의 여유가 생겼다. 일주일에 서너 번 있는 작가 회의에 참석하는 것을 제외하면 자유 시간이었다. 무엇보다 미네소타, 그리고 샌디와 친해지는 것이 급선무였다. 되도록 샌디의 스케줄에 맞추어 일어나고 식사도 함께했다. 그는 아침에는 중앙일간지와 지역신문을 꼼꼼히 살펴보고 메모했다. 틈틈이 함께 텃밭에 꽃씨도 뿌리고 잡초도 뽑았다. 혼자만의 시간이 생길 때에는 샌디의 자전거를 빌려 타고 하루 종일 미시시피 강을 따라 달렸다. 집에 돌아오는 길에는 더 멀리 돌고 돌아 옆 마을도 둘러보고 왔다. 인디언 수족의 언어로 '하늘색 물'이라는 뜻을 가진 미네소타는 그 뜻 그대로 행복하고 평안한 도시였다. 북미 원주민들을 직접 만나기 전까지, 그리고 인종차별로 희생된 흑인 청년 자마르를 알기 전까지는 말이다.

샌디는 매주 일요일 미시시피 강가에서 북미 여성 원주민들이 거행하는 '물 제의'에 나를 데리고 나갔다. 긴 치마를 입은 다섯 명의 원주민들이 강가에 동그랗게 서서 향을 피우고 물의 노래를 불렀다. 가사는 못 알아 들었지만 멜로디는 부드럽고 분위기는 엄숙했다. 제의는 원주민 대표 샤론이 나긋한 목소리로 지혜의 주술을 읊으면 끝이 났다.

"지혜를 주소서, 모두를 위해 친절함을 베풀 수 있도록."

누구에게 친절함을 베푼다는 거고 그 지혜는 대체 무얼까? 궁금해 샤론에게 물었다. 그가 대답하길, 미대륙에 정복자가 칼을 꽂은 이후부터 지금까지, 자본에 눈이 멀어 자연의 섭리를 역행하는 문명 앞에서 살아 있는 모든 것을 향해 너그러운 마음을 품는 곧은 자세라 했다. 물 제의는 처참히 망가져가는 자연 앞에서 자신들은 어떤 삶을 살아가야 할지 지혜를 구하는 의식이었다. 독일계 미국인인 샌디는 자기 조상들의 잘못도 분명히 있을 것이라고 내게 말했다. 그래서 책임 있게 보상하려는 마음을 늘 가지고 있다고 했다. 원주민들과의 만남, 샌디가 생각하는 보상과 책임, 이것들은 후에 메이데이 축제 주제를 이해하는 데 많은 도움이 되었다.

하루는 스태프 회의가 끝나고 샌디가 격양된 목소리로 내게 말했다.

"믿을 수 없는 일이 일어났어. 지금 당장 정부청사 앞에 가야 해."

한 해 전 흑인 청년 자마르가 경찰의 오인 총격으로 피살되었는데 첫 공판에서 법정은 총을 겨눈 경찰이 누구인지 확실한 증거가 없다면서 구속된 두 명의 경찰에게 실형을 내릴 수 없다고 판결했다. 주민들은 이 소식을 듣자마자 자마르가 총격을 입었던 장소인 남쪽 엘리어트 공원에서부터 북쪽의 미니애폴리스로 행진을 시작했다. 저녁 즈음 헤너핀 정부 청사에 수백 명의 시위대가 결집했고 샌디와 나도 피켓을 들고 나섰다. 자마르의 억울함, 위협 받는 흑인의 생명권을 위해 가족들과 시민이 함께 외쳤다.

"정의가 없다, 평화가 없다! 자유 앞에 우리는 모두 평등하다!"

시위에 참여한 사람들은 머리를 숙이고 주먹을 쥐어 하늘 높이 올렸다. 차별의 뿌리가 뽑힐 때까지 꽉 쥔 주먹을 펴지 않겠다는 의미였다.

미네소타에서 일어나고 있는 사건 사고 역시 42주년 메이데이 축제가 다루어야 할 중요한 문제였다. 짧은 시간에 너무 많은 미네소타의 현실을 경험하고 조급한 마음이 들어 물었다.

"샌디, 이렇게 많은 일들을 축제에서 모두 다 다룰 수 있나요? 그리고 정말 축제를 통해 이런 문제들이 차츰 개선될까요?"

이곳에 도착할 때까지만 해도 형형색색의 인형들로 물결치는 축제를 만들 생각에 기대가 컸다. 하지만 한 달을 마을에서 보낸 후 걱정이 앞섰다. 시위장에서는 한껏 격양되었던 샌디가 조금 여유를 찾으며 차분한 말투로 답했다.

"우리는 매해, 매순간 우리가 할 수 있는 최선을 다해 축제를 만들어. 하지만 우리가 생각하고 바라는 만큼 모든 것이 눈에 띄게 변할 거라고 기대는 하지 않아. 천천히 하는 거야. 대단한 것을 바라지 않고 마음을 모아서."

혹여나 내가 실망할까 샌디는 한마디 더 덧붙였다.

"마을 일은 살아가는 것이지 행사가 아니거든."

그렇다. 축제를 하나 한다고 세상이 하루아침에 아름답게 바뀔 수는 없다. 어렵더라도 가야 하는 길을 축제를 통해 조금 더 부드럽고 즐겁게 함께 걷는 것뿐이다.

한국에 돌아와서 원주민들의 보호 지역인 스탠딩락을 뚫고 미시시피 강과 미주리 강 바닥을 뒤집어엎는 1천9백 킬로미터의 송유관 설치 사업이 있을 거라는 소식을 들었다. 그리고 얼마 지나지 않아 지역민들의 반대로 백지화되었다는 소식, 하지만 트럼프 정권이 들어서며 다시 3주만에 재개된다는 안타까운 소식이 잇따라 들렸다. 우리의 문명이 순행하고 있는 것인지 역행하고 있는 것인지 말문이 막혔다.

원주민의 물 제의에서 만났던 샤론은 인터뷰 기사에서 "이 땅을 흐르는 물의 영혼은 돈으로 살 수 있는 그 무엇보다도 강하다"고 소리치고 있었다. 다행인 것은 원주민들과 미국 전 지역의 시민들이 하나로 뭉쳐 사업의 백지화를 위해 끝까지 싸우려는 목소리에 연대의 힘이 더해져 나날이 강해지고 있다는 것이다. 자마르를 죽인 경찰도 실형을 선고 받았다. "마을 일은 살아가는 것"이라 했던 샌디의 말이 맞았다. 끊임없는 외침이 천천히 세상을 바꾸며 긍정의 변화를 가져오고 있다.

강을 위해 기도하는 원주민,
이웃과 친구를 위해 모여든 사람들의 물결,
그곳에서 난 내가 미처 알지 못하던 미국을 보았다.

무엇을 생각하든 일곱 세대를 내다보며
산다는 북미 원주민들에게 마르지 않고
흐르는 강물은 세대를 뛰어넘은 생명이자
조상과 자신을 보살피는 신과 같은 존재다.

메이데이 축제란?

메이데이 축제Mayday Festival는 매해 5월 첫째 주 일요일 '노동자의 날'을 기념하여 야수의 심장 인형 극단이 주최하는 마을 축제다. 축제의 주제는 지역 공동체의 이슈와 관심사, 더 나은 마을을 위한 비전에 뿌리를 두고 있다. 예술을 매개로 지역민들의 삶을 긍정적으로 변화시킨 좋은 사례로 세계적으로 평가 받고 있는 축제이기도 하다.

축제는 극장 뒤에 위치한 블루밍턴 거리에서부터 마을을 대표하는 파우더혼 공원까지 약 2.5킬로미터의 거리를 대형 인형을 들고 걷는 '메이데이 퍼레이드'와 도착지인 파우더혼 공원에서 올해 주제를 전달하는 '세레모니 공연'으로 구성된다. 축제 내내 공원 곳곳에서는 다양한 콘서트가 열리고 지역에서 재배하는 안전한 먹거리와 직접 만든 공예품을 사고 파는 시장도 펼쳐진다.

퍼레이드는 큰 주제 안에 다섯 개의 소주제로 구성되어 있다. 각각의 소주제에는 두 명의 메인 작가와 두 명의 인턴 작가가 한 팀이 되어 자신들이 맡은 주제를 책임지고 주민들과 함께 퍼레이드 인형을 제작한다. 축제 당일 시민들은 스스로 만든 인형을 들고 자신이 속한 그룹의 줄을 따라 행진한다. 참여자만 약 2천여 명이 넘기 때문에 인형을 들고 서 있는 줄이 500미터가 넘는 대규모의 행렬이다. 당일 축제 지원을 위한 자원봉사자가 500여 명, 매해 퍼레이드를 보기 위해 거리에 모이는 관람객은 5만 명 이상이다.

퍼레이드가 큰 주제의 이야기를 쪼개 해석한 세부적인 이야기였다면 '세레모니 공연'은 퍼레이드의 종착점인 파우더혼 공원에서 그해의 축제 주제를 가장 강력하게 응축하여 표현한 한 편의 공연 작품이라 할 수 있다. 올해의 메이데이 축제가 시민들에게 무슨 이야기를 하고 싶은지 가장 명확하게 전달하는 시간이다. 마지막으로 메이데이 축제의 상징인 '생명의 나무' 대형 인형이 관객들 앞에 깃발을

높이 들어 객석을 향해 흔들면 드럼 비트와 함께 'You are my sunshine' 노래가
울려 퍼진다. 이 노래와 함께 공식적인 세레모니는 끝난다.

메이데이 축제는 1년 중 단 하루지만, 넉 달 전부터 축제를 준비하는 과정이야말로
메이데이의 본질이라 할 수 있다. 그 중요한 일정을 정리해 보았다.

2월 · 작가 회의(매주 1회, 총4회) – 작가 아이디어 회의와 사전 준비

3월 · 주민 회의(매주 1회, 총4회) – 마을 주민의 의견을 듣고 축제 주제 도출

· 작가 회의(매주 4회, 총 16회) – 주민 회의에서 나온 의견을 수렴하여

작가들이 모여 세부적인 축제를 논의하고 구성

4월 · 주민 워크숍(매주 4회, 총 16회) – 축제 퍼레이드에 사용할 자신의 인형과

가면을 직접 만드는 워크숍

· 세레모니 워크숍(매주 2회, 총 8회) – 세레모니 공연을 위해 파우더혼

공원에서 워크숍

· 최종 운영 회의(마지막 주, 총 3회) – 축제를 지원하는 지역 기관과

참가하는 모든 팀이 모여 운영 최종 점검

시민들이 자신의 목소리를 직접 담는 메이데이 축제

1886년 5월 1일 미국 일리노이 주 시카고 헤이마켓의 광장에서 흐르던 노동자들의 뜨거운 투쟁의 목소리가 90년의 시간을 타고 1975년 5월 1일 미네소타로 옮겨왔다. 시대의 애환을 그대로 짊어지고 때로는 외롭게 뚜벅뚜벅 걸어오는 과정에서 힘든 날도 있었지만 40여 년을 넘게 지켜온 미네소타 메이데이 축제는 매해 조금씩 아름답게 변화했다. 120년 전 헤이마켓의 메이데이가 눈물과 피범벅이었다면 지금 미네소타의 메이데이는 만물의 숨통이 트이는 따뜻한 5월의 밝은 기운과 움직임으로 한껏 명랑했다. 주민들은 움켜쥔 주먹 대신 인형을 들고 나와 마을을 알록달록한 대형 캔버스로 만들었고, 현실에 분노하던 약자의 눈물 섞인 목소리는 평화를 부르는 아름다운 노래로 바뀌었다. 메이데이 축제는 손에 잡힐 듯 말 듯한 희미한 주제가 아닌 우리 동네에서 일어나는 이야기를 다루며 갈수록 지역사회의 문제를 해결할 방법을 찾는 데 중점을 두었다. 올바르게 살라고 지휘하는 강렬한 법보다 함께 인형을 만드는 창작의 행위가 사람들의 마음과 삶을 움직였다. 해가 거듭할수록 주민들의 참여도가 높아진 이유다.

그저 아름다운 축제라고만 생각했는데, 첫 회의에서 받은 한 장짜리 일정표를 보고 입을 다물지 못했다. 축제 석 달 전부터 단 하루도 빠짐없이 주민 회의, 주민 워크숍, 작가 회의, 세레모니 연습 등의 일정이 빼곡히 잡혀 있었다. 어쩌면 축제는 오늘부터 시작되고 있는지도 모르겠다는 생각을 했다. 이렇게 열심히 준비한다면 5월 1일 메이데이 날, 그것이 어떤 모습이든 아름다울 수밖에 없을 것이라는 생각도 들었다. 벌어진 입을 다 물지 못하고 '오마이갓'을 연발하고 있는데 동료 앨리슨이 나를 불렀다.

"우연아! 내일부터 시작하는 주민 회의 준비해야 돼. 극장 로비 청소 하고 외부 손님들이 볼 수 있게 창문 발코니도 꾸며야 하니, 우리 얼른 서두르자!"

청소를 하려 집어 든 미국의 대걸레는 내 키보다 두 배나 컸다. 커다란 로비를 큰 걸레로 휘저으며 다 닦고 나니 어깨와 허리가 저렸다. 숨 돌릴 틈도 없이 앨리슨은 창문 발코니를 꾸미는 데 도움이 될 거라며 옆 건물 3층으로 나를 데리고 갔다. 문을 열자마자 나는 또 한 번 입을 다물지 못했다. 2층부터 3층 계단, 창고 내부에는 42년의 메이데이 축제를 함축시켜 놓은 수만 개의 인형들이 천정, 수납장, 박스, 계단 위에 옹기종기 놓여 있었다. 5미터가 훌쩍 넘는 인형부터 손가락보다 작은 인형들까지, 생긴 것은 제각각 달랐지만 모두 숨쉬고 있는 생명들 같아 보였다. 나는 그중에서도 봄날과 가장 닮은 해바라기 꽃과 사슴 두 마리, 벌 두 마리를 데리고 나와 극장 발코니를 꾸몄다. 그리고 내일부터 메이데이 축제 주민 회의가 열린다고 크게 써서 붙였다.

축제의 주제를 정하기 위해 마을 주민들의 의견을 듣는 자리, 드디어 축제 준비의 첫 주민 회의가 열리는 날이 되었다. 극장에 오자마자 회의 준비로 모두 분주했다. 로비에 의자를 깔고 있는 나를 샌디가 불렀다.

"지난해 마을에 사건 사고가 많았거든. 아마 오늘 주민들이 하고 싶은 이야기가 많을 거야. 두 시간 안에 끝내는 게 목표지만 더 길어질 수도 있으니까 마음 단단히 먹어. 힘내자!"

오후 6시가 되자 퇴근하고 달려온 직장인들, 아이들과 저녁 식사를 하고 온 가족들, 손잡고 온 연인들이 극장 문을 열고 들어왔다. 나는 입구 앞에 서서 문을 열어 드리고 한 분 한 분께 인사 드렸다. 밝고 즐거워 보이는 사람들이 어떤 이야기를 꺼내 놓을지 전혀 감이 오지 않았다. 회의를 시작하자 짧게 주고 받는 인사만으로는 알 수 없던 이웃의 진짜 삶과 모습이 조금씩 드러났다. 남편의 손을 꼭 잡고 있던 한 흑인 여성이 말했다.

"지난해 희생된 자마르 말이에요. 우리는 여전히 그 사건만 생각하면 밤에 무서워서 다닐 수가 없어요. 남편이 어젯밤 슈퍼마켓에서 우유를 사고 집으로 돌아오는 길에 경찰을 만났는데 아무 이유도 없이 총을 겨누면서 신분증을 요구했어요. 만약 거절했다면 이 사람은 오늘 세상에 없겠죠."

주민들은 부부의 상황을 안타까워 하며 그들에게 사과와 위로의 말을 전했다. 사람들의 이야기를 함께 나누고 문제 해결을 위해 함께 행동하는 곳, 메이데이 축제는 그 장이었다. 샌디가 이야기한 대로 두 시간이 훌쩍 지나도 회의는 끝날 기미가 보이지 않았다. 저들의 목소리에는 애통함이 짙었지만 축제를 통해 분명 더 나은 삶, 더 나은 마을이 만들어질 수 있을 거라는 확신도 가득했다.

세 차례의 회의 속에 논의를 거듭한 결과 2016년의 42회 축제는 '급진적 귀환Radical returnings'이라는 주제를 결정했다. 부족한 영어 때문이기도 했지만 한 달 남짓 살아 본 경험으로 미네소타를 이해하고 주제를 소화하기는 쉽지 않았다.

'급진적 귀환'은 각박해져 가는 삶 속에서 앞만 보고 걷는 걸음을 잠시 멈추고, 평화가 있던 과거로 귀환하자는 이야기다. 이웃을 향해 돌아가고, 지구를 보듬고 다시 살펴보며, 매해 찾아오는 5월의 봄에 감사하고 자유를 찾아 느껴 보자는 외침이다. 지역 곳곳에 여전히 존재하는 히스패닉과 흑인에 대한 차별, 풍요로운 것처럼 보이지만 아직도 굶주리고 있는 지역 노숙자, 미네소타 미시시피 강의 심각한 환경 오염까지 두루 담아내는 주제다. 주제는 그럴싸한 한 줄의 문장이 아니라 지역민의 삶과 마을의 이야기를 함축해서 담고 있다. 회의에 참석한 청각장애인을 위해서 두 명의 수화통역사가 '급진적 귀환'을 설명하는데, 짧은 영어로 힘들게 머리로 이해하려 노력했던 그 한 문장이 그 아름다운 손짓과 표정을 보는 순간 내게도 온전히 마음으로 다가왔다.

주제를 정하는 것과 더불어 '작가 회의'도 매주 네 차례 열렸다. 작가들은 주민 회의에서 나온 주민들의 의견을 하나도 놓치지 않았다. 작가들 자신도 지역에 살기에 아픈 사연은 곧 자신의 이야기였다. 한자리에 모여 앉아 이야기만 하는 것에 만족하지 않고 문제의 현장에 찾아가 함께 시위를 하기도 했고, 기관 관계자들과 깊이 있는 토론을 하는 등 예민하게 반응하고 적극적으로 움직였다. 결국 작가들의 고민은 더 깊은 생각으로, 글로, 행동과 움직임으로 진화했다. 그렇게 조금씩 현실의 언어들이 작가들을 통해 눈에 보이는 예술의 형태로 바뀌었다.

주민 회의가 있던 날

봄 소리 나던 인형들을 만나고,

봄 내음 가득 안고 찾아온 주민들도 만났다.

온몸은 피곤했지만 왠지 모를 따스함이 가슴 깊게 밀려오던 날이다.

청소에, 회의에 지칠 법도 한데
끊임없이 이어지는 일정에도
작가들은 모두 열린 마음으로
참여했다. 오히려 특별한 기사,
감동 받은 시나 음악이 있을
때에는 실시간으로 이메일을
보내며 부지런히 공유했다.
그들에게는 이것이 일상이었다.

3월 마지막 주가 되니 굵직한 회의들이 마무리되었다. 이제 드디어 주민들과 함께 인형을 만드는 시간이 다가왔다. 주민 워크숍 준비로 작가들은 또다시 분주하게 움직였다. 가장 먼저 극장의 묵은 때를 벗겨내는 대청소를 했다. 그리고 다섯 개의 소주제에 맞추어 극장 바닥을 5등분 하여 공간을 나눴다. 박스를 길게 잘라 바닥에 이어 붙여 사람들이 걸어 다닐 수 있는 통로도 만들었다. 창고에서 1년 만에 나온 나무 다리와 테이블, 간판의 조각들을 하나씩 모아 조립해서 세웠다. 각 그룹을 이끄는 작가들은 본인들의 주제에 가장 알맞은 색으로 공간을 페인트칠하고 재치 있게 자신들의 부스를 꾸몄다. 무대 위에 축제를 상징하는 대형 메이데이 조형물을 놓으니 제법 멋진 워크숍 공간이 탄생했다. 극장 2층 발코니에 올라가 내려다보니 알록달록한 다섯 개의 마을이 지어졌다. 철 지난 억새풀과 흙으로 지은 황토색 마을에는 지구의 이야기가 담겼다. 핑크색 소라게가 가득한 마을에는 연약한 인간에 관한 이야기가, 초록색 마을에는 미네소타의 안전과 우리 이웃에 대한 이야기가 들어찼다. 보라색 씨앗으로 꾸민 보라색 마을에는 인종차별에 대한 따끔한 충고가, 주황색 마을에는 세상의 모든 동물을 향한 평화의 메시지가 담겼다.

　한 달간 주민들과 함께 인형을 만들 워크숍 공간이 이렇게 멋지게 완성되었다. 다섯 개의 마을에는 고독과 위선, 차별과 오염이란 없었다. 아픈 이들은 이웃이 함께 보듬고, 차별 앞에는 정의가 맞서며, 살아 있는 모든 동물과 식물까지 사랑으로 포용했다. 이런 곳이 우리 모두가 그토록 바라던 살고 싶은 마을이 아니었을까.

진짜 우리들의 모습, 주민 워크숍

극장은 주민 워크숍을 위해 완벽한 준비를 마쳤다. 로비에는 '급진적 귀환'이라는 올해 주제를 크게 적어 걸었다. 다섯 개의 소주제를 주민들이 쉽게 이해할 수 있도록 전지에 그림으로 그려 퍼레이드 순서대로 다섯 장을 연결해 붙였다. 그림 속 인형들이 한 달 뒤 거리로 튀어나올 것을 생각하니 벌써부터 마음이 설레었다.

　오후 6시, 올해 첫 주민 워크숍이 문을 활짝 열었다. 참여 작가들이 모두 로비에 나와 함께 주민들을 맞았다. 사실 평일이기도 하고 홍보가 제대로 된 것 같지 않아 얼마나 올까 했는데 발 디딜 틈이 없을 만큼 수많은 주민들이 극장을 찾았다. 샌디는 고맙다는 인사를 시작으로 올해의 축제에 대해 천천히 설명을 시작했다. 그리고 작가들이 한 명씩 돌아가며 자신이 맡은 주제를 설명하고 올해 워크숍에서는 어떤 인형을 만들지 계획을 이야기했다. 작가들의 이야기에 집중하면서 벽에 붙은 그림을 보는 어른들의 눈빛과 마음들이 진중하고 따뜻했다. 엄마 손을 잡고 온 아이들도 많았다. 어른들의 이야기를 귀 기울여 듣는 아이들의 표정과 눈빛에서 어른인 우리, 그리고 우리 사회의 예술이 어떤 모습으로 이들과 함께 성장해야 할까 고민이 들었다. 하던 일을 멈추고 그날 그 시간, 극장까지 찾아온 이들의 발걸음에는 이웃을 믿고 긍정적인 생각을 공유하면, 언젠가는 더 살기 좋은 동네로 바뀔 것이라는 강한 믿음이 있는 듯 했다. 끄덕이며 동의하는 동네 주민들의 목소리가 작은 극장에 그윽하게 울렸다.

한국에서 제안서를 작성할 때 종이 위에 얼마나 많은 '진정성'과 '진심'이라는 단어를 썼는지 모르겠다. 가끔씩 그 진정성이 수주를 위한 내 합리화이거나, 나 스스로의 만족을 위한 자기 최면은 아닐까 고민했던 적이 있다. 기획자의 문장은 예쁘고 그럴싸하게 만들어 놓은 말장난이 되어서는 안 된다. 이곳 주민들의 태도는 내가 만들었던 책임 없는 문장들을 차근차근 다시 살펴보게 했다.

주민들은 각 작가의 설명을 모두 듣고 본인이 가장 관심이 있는 소주제를 하나 선택해서 한 달간 뜻을 같이하는 사람들과 인형 만드는 작업을 한다. 그렇게 비슷한 고민을 가진 이들이 모여 공통 의제에 대해 함께 이야기 나누고 매일 인형을 만들며 메이데이 축제를 만들어 간다.

워크숍이 시작되면 극장 내부는 그야말로 난리 요지경이었다. 초등학생들은 엄마들의 눈을 피해 끼리끼리 모여 앉아 서로 얼굴에 물감을 묻히느라 인형 만들기는 뒷전이었다. 일주일에 두 번씩 공식 수업 일정으로 참여했던 사우스 고등학교 학생들은 아주 쉬운 인형 하나를 만드는 데에도 수십 번이 넘게 질문을 하기도 했다. 쌍둥이네 가족은 올 때마다 아이들이 우는 바람에 아빠는 아이를 안고 극장을 몇 바퀴 돌다가 집으로 가야 했다. 직장 동료와 함께 온 무리는 회사에서 못다 한 이야기를 인형을 만들며 나누었다. 커다란 종이 상자에 그림을 그리고 모양 따라 칼질을 하는 학생들, 서로의 옷 치수를 재어 주고 천을 잘라 바느질하는 연인들, 따끈한 종이 죽을 떠다가 한자리에 앉아 시간 가는 줄 모르고 종이 붙이기를 하는 가족들의 모습으로 극장은 매일매일 다채롭게 채워졌다.

메이데이 축제가 걸어온 40년이 넘는 오랜 역사는 3대가 함께 워크숍에 참여하는 진풍경도 만들었다. 30년 전 작은 인형을 들고 거리에 나와 행진을 했다던 할아버지 할머니는 이제 손자 손녀들과 함께 인형을 만든다. 고사리 같은 손으로 종이를 뜯어 인형을 만드는 어린 손녀에게 할아버지는 삶의 가장 아름다운 순간을 선물하듯 작은 손이 하는 일을 도왔다. 그 표정이 얼마나 다정하고 아름다운지!

내가 속한 그룹을 선택한 스무 살 제이크는 아빠와 함께 하루도 빠짐없이 워크숍에 참여했다. 하지만 인형을 만드는 내내 늘 굳은 표정으로 시무룩했다. 말도 별로 없어 내심 마음에 걸렸는데 알고 봤더니 다른 그룹에서 작업하는 작가를 짝사랑했던 모양이다. 그와 함께 작업하고 싶었는데 아빠 때문에 어쩔 수 없이 우리 그룹에 있었던 것이다. 그는 용기 내어 우리에게 양해를 구하고 결국 다른 그룹으로 옮겨 갔다. 이후 제이크의 얼굴에는 늘 웃음이 한가득이었다. 메이데이 축제를 만들어 가는 극장 어디에선가는 찌릿찌릿 사랑의 전기가 흐르기도 했다.

미네소타 최고의 타투 예술가라 자부하는 제이콥은 워크숍 시간이 아닐 때에도 종종 극장에 와서 작업을 했다. 나에게 직장생활의 고단함을 이야기하곤 했는데 그날은 뭔가 결단을 내린 얼굴이었다. 그가 말했다.

"나 내일 회사 그만둘 거야. 사장 때문에 도저히 안 되겠어."

제이콥은 장애 때문에 한쪽 다리가 불편하다. 흑인이며 장애를 가진 그를 회사 사장은 대놓고 차별했다. 다른 직원들에 비해 경력도 많고, 일하는 시간도 많았으나 급여는 백인 동료보다 늘 낮았다. 손님들을 분배해 줄 때도 차별하기 일쑤였다. 듣기만 해도 화가 나서 내가 따지듯 물었다.

"제이콥, 사장한테 왜 그러냐고 따져 보지 그랬어! 그래도 안 되면 노동청에 당장 신고해 버려!"

이미 신고도 해 봤고 다양한 방법을 취했지만 문제는 해결되지 않았다고 했다. 제이콥은 결국 퇴사로 상황을 마무리 지었다. 그리고 억울함과 분노는 이곳 극장에서 인형을 만들며 조절했다. 그는 블라인드 커튼을 활용해 차별과 장애로부터 자유롭게 날아갈 수 있는 커다란 날개를 열심히 만들었다. 제이콥처럼 차별대우를 받은 흑인들은 여전히 생각보다 많았다. 그는 비슷한 경험이 있는 이들을 워크숍 공간에서 만나며 위로를 받고 연대의 힘을 키웠다.

바바라는 우리 그룹에서 최고의 역할을 해 준 인자한 60대 여성이다. 오랜 기간 요양 병원에서 어르신들을 돌보는 일을 했던 그는 누군가의 이야기를 들어주는 데는 도가 튼 사람이다. 또 바느질에 둘째가라면 서러울 만큼 솜씨가 대단했다. 우리 그룹에서는 감옥을 지을 돈으로 주민센터를 짓자는 메시지를 전달하기 위해 초록색 대형 주민센터 조형물을 만들기로 했다. 바바라는 주민들에게 작은 천 조각에 우리가 바라는 마을의 모습을 적어 달라고 하고는 시간이 날 때마다 극장에 나와 재봉틀 앞에 앉아 잇고 붙였다. 작은 조각이었던 천들은 어느새 커져 주민 센터 조형물을 예쁘게 감쌀 정도가 되었다. 주민들의 염원을 담은 이야기와 바바라의 재봉질이 만들어 낸 작품이었다.

워크숍이 있을 때마다 주민들보다 한 시간 일찍 나와 봉사하던 베테랑 봉사자들의 모습도 인상적이었다. 워크숍의 모든 공구를 관리하고 수리하는 일, 물감을 배분하고 청결을 유지하는 일, 바느질을 못하는 이들의 옷을 만들어 주는 일 등 한 가지 영역에서 오랫동안 메이데이와 함께한 이들이 자리를 빛내 주었다. 사실 봉사자들의 엄청난 역량은 축제날 가장 빛났는데, 전문가들이 나서야 가능할 일을 자원 봉사자들이 척척 해내는 모습에 감탄했다. 그리고 그 전문성 있는 봉사자들을 관리하는 사람도 바로 자원 봉사자들이라는 사실에 놀라지 않을 수 없었다. 20~30년 동안 축제와 함께한 자원 봉사자가 적지 않아 가능한 일이었다. 한 명 한 명 축제를 사랑하는 사람들의 마음이 메이데이를 부자로 만들어 냈다. 하나의 축제를 위해 온 동네가 움직이는 소리가 들렸다. 국가의 재정 지원이 없어도 축제를 만들어 내는 힘, 그 힘은 커다란 것이 아니었다. 각자의 자리에서 각자의 방법으로 조금씩 마음을 내어놓는 일이었다.

축제를 지켜준 사람들 '메이데이 친구들'

40년 넘게 한길을 걸어온 긴 기간만큼 매해 축제의 규모도 커졌다. 그러다 보니 해가 바뀔 때마다 재정 부담도 점점 더 늘어났다. 다행히도 힘들게 걸어온 과정 속에는 슬플 때나 기쁠 때나 함께했던 '메이데이 친구들'이 있었다. 이번에는 특별히 축제 자금을 마련하기 위해 '메이데이 역사 영화' 상영회를 개최했다. 세 명의 감독이 각각의 시선으로 바라본 축제의 40년을 이야기하는 세 편의 단편 다큐멘터리였다. 각각 30분씩, 총 90분을 상영하는 영화 티켓을 장당 20달러에 팔았는데 700석이 넘는 티켓이 하루 만에 모조리 동났다.

영화가 시작되기 전 극단 식구들과 참여 작가들은 미리 영화관에 가서 주민들을 맞을 준비를 했다. 미시시피 강 바로 앞에 자리한 전망 좋은 영화관에는 벌써부터 많은 사람들이 줄을 서서 기다리고 있었다. 극장 창고에서 가지고 온 동물 옷과 탈을 쓰고 영화관 앞에서 관객들을 맞았다. 꿀벌과 부엉이로 변장한 극단 단원들은 줄 서 있던 할머니 앞에 서서 인사 드리는 척하다가 바닥에 누워 떼굴떼굴 구르며 재롱을 폈다. 개구리 탈을 쓴 다른 단원들도 극장 밖에서 이곳 저곳을 깡충깡충 뛰어다니다 지나가던 버스를 세우고 승객들과 운전사에게 한바탕 웃음을 전했다.

로비에서는 42년의 역사를 그대로 보여 주는 축제 포스터와 매해마다 새롭게 추가된 축제 상품들을 진열하고 판매했다. 연도별로 걸린 포스터 전시대 앞에서 세대에 따라 시선이 멈추는 자리가 모두 달랐다. 할아버지에게는 축제의 초창기 시절이, 자식들에게는 가까운 몇 년 전의 축제가 특별하게 다가왔을 것이다. 서로 다른 포스터를 바라보고 있지만 흐뭇하게 웃는 모습은 무척이나 비슷했다. 극장 내부는 빈 좌석 하나 없이 주민들로 가득 찼다. 영화 시작 시간이 되자 로비에서 연주를 하던 마을 밴드가 샌디를 앞세워 극장으로 들어왔다. 주민들은 모두 일어나 박수를 치며 환호했다. 음악이 멈추자 샌디는 감사하다는 인사를 하고 작업실에서 들고 온 앞치마를 주머니에서 꺼내 입었다. 물감이 덕지덕지 묻어 있는, 누가 봐도 오래되고 낡은 앞치마였다. 담담한 표정으로 샌디는 얼룩진 앞치마를 가리키며 말했다.

"이렇게 누더기가 될 때까지 함께 걸어와 주셔서 고맙습니다. 닳고 지저분해지긴 했지만 40년이라는 시간 없이는 절대 만들 수 없는 색깔이 제 앞치마에 고이 물들었습니다. 극장을 채운 여러분이 너무나 자랑스럽습니다."

샌디의 말에 모두들 박수를 보냈다. 40여 년의 역사를 고스란히 담고 있는 얼룩진 앞치마에서 샌디의 눈물, 기쁨, 아픔이 두루 섞여 보였다.

주민들은 영화가 상영되는 동안 함께 박수치고 웃고 울었다. 영화 속에는 이미 어른이 된 주민의 꼬맹이 때 모습, 먼저 세상을 뜬 이들의 모습, 지금은 이사를 간 이웃집 식구들의 얼굴이 생생하게 담겨 있었다. 영화 속 주인공 모두가 알고 지내는 이웃이거나 가족들이었기 때문에 동시에 웃고 울 수 있었다. 영화가 끝나고 자막이 모두 올라갈 때까지 주민들은 그 자리를 지키며 기립박수를 쳤다. 주민 모두가 주인공인 영화였다. 동물로 변장한 극단 운영 요원들이 재치 있게 뛰어다닌 덕에 노란 기부금 모금통도 두둑해졌다. 이렇게 모인 금액은 메이데이 축제를 조금 더 풍성하게 만들 소중한 마중물이 되었다. 무엇보다 우리 곁에 메이데이 축제가 꼭 필요함을 느끼는 중요한 자리였다. 영화 상영을 마치고 샌디와 함께 집에 돌아오는 길에 내가 물었다.

"어땠어요?" 하는 질문에 샌디는 "울고 싶었어"라고 대답했다.

이렇게 벅찬 날, 지난 세월을 떠올리면 아마 말로 다 못할 슬픔과 기쁨이 넘실댔을 것이다. 42년간 어찌 슬픔 없이 달려왔겠는가. 눈물 섞인 아픈 상처들이 세월의 더께 속에 스스로 아물고 함께 치유하고 다독이며 그렇게 성장했을 것이다. 그럼에도 샌디는 웃으며 말했다.

"하지만 오늘밤은 그 어떤 날보다 많이 많이 행복해!"

주민 회의부터 워크숍까지,
축제를 준비하는 두 달여의
여정에 주민들은 함께 울고
웃기를 반복했다. 예술이 마을
사람들의 마음을 열고
그 물꼬를 터트렸다. '슬프다,
기쁘다, 힘겹다, 살 만하다'
우리의 이야기를 원 없이
나누며 그렇게 조금씩 축제의
모양이 만들어졌다.

ⓒ Max Hayres

워크샵이 끝나는 시간, 마주 본 서로의 얼굴에는
페인트가 잔뜩 묻어 있고 손은 종이 풀을 만져
쭈글쭈글 못난이가 다 되지만
그럼에도 아름다운 이유는 이것이 진짜 우리들의
모습이기 때문이다.

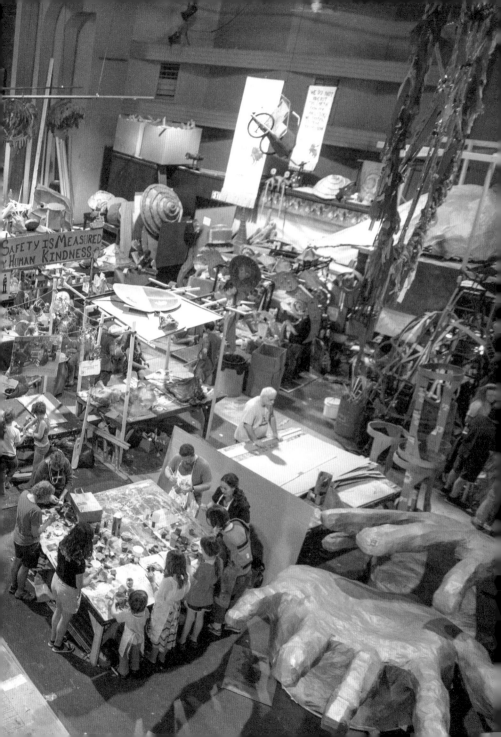

축제의 아침 "해피! 메이데이!"

축제에서 가장 두려운 존재는 비다. 종이로 만든 인형들은 물을 먹으면 손볼 시간도 없이 그 자리에서 죽이 되어 버린다. 그래서 날씨를 확인하는 것은 매해 중요한 업무였다. 극단 운영자들은 우천 시 매뉴얼을 꼼꼼히 챙기며 기상청 날씨를 분 단위로 체크했다. 2016년 5월 1일 일요일, 유난히도 화창하게 맑은 아침! 42회 메이데이 축제는 그야말로 하늘이 도왔다고 할 만큼 최상의 날씨였다. 오전 6시, 극장에 도착했다. 이른 아침이었지만 극장 주변과 메인 퍼레이드가 펼쳐질 거리, 파우더혼 공원은 축제 자원봉사자들로 붐볐다. 밤을 꼬박 새우고도 아직 인형 마무리를 하는 그룹도 있었다.

오전 8시 반이 되자 한 달여 동안 온갖 정성을 다해 만들었던 인형들이 퍼레이드 장소에 펼쳐졌다. 인형을 든 사람들만 해도 2천 명이 넘었다. 각 그룹은 퍼레이드 순서에 맞게 자리를 잡아 일렬로 섰다. 워크숍 첫날, 극장 로비에 걸려 있던 다섯 장의 전지 속 그림들이 실물이 되어 거리로 튀어나왔다. 퍼레이드 시작은 정오였지만 관람객들은 8시부터 좋은 자리를 잡기 위해 거리로 나와 앉았다. 따뜻한 햇빛 아래 자리 잡은 관객들은 어서 빨리 퍼레이드가 시작하기만을 기대하며 준비하는 우리를 향해 손을 흔들었다.

거리를 온통 초록색으로 물들인 우리 그룹도 준비를 완벽히 마쳤다. 그 행렬 끝에 나도 자리 잡고 섰다. 그간 애써 만든 탈을 쓰고 서로를 바라보며 웃는 주민들의 미소가 나를 행복하게 만들었다. 한 달간 우리는

축제는 베테랑 자원봉사자들의 숨은
노력 덕분에 더 빛이 났다. 총괄 지휘가
없어도 500여 명이 넘는 자원봉사자들은
모두에게 공유된 30분 단위의
업무 매뉴얼을 보고 자신들의 자리에서
전문적으로 준비를 도왔다.

매주 같은 주제로 이야기 나누며 이곳까지 함께 달려왔다. 손에 쥐고, 머리 위에 얹고, 가슴에 품은 인형들이 이제는 무슨 말을 하고 싶은지 충분히 이해할 수 있었다. 11시 55분, 200미터 넘게 떨어져 있는 행렬의 첫 머리에서 음악이 울려 퍼지기 시작했다. 드디어 퍼레이드가 시작되었다.

정오에 시작된 다양한 목소리, 희망의 퍼레이드!

우리 그룹의 진행 요원이 큰 소리로 외쳤다.

"12시! 12시!"

퍼레이드 행렬이 길어 우리 차례가 될 때까지 30분이나 더 기다려야 했지만 떨리는 마음은 붙잡을 수 없을 만큼 점점 더 고조되었다. 2천여 명이 모여 만든 퍼레이드 행렬이 마치 봄빛에 반짝이는 미시시피 물줄기처럼 흘러 나갔다. 슬픔과 희망을 모두 싣고 흐르는 강물, 이제 우리 그룹도 그 강물 따라 거리로 걸어 나간다. 모든 준비를 마치고 서로를 바라보며 한껏 흥분되고 떨리는 마음을 주고받았다. 좁은 길을 천천히 빠져나와 관객들이 있는 넓은 거리를 향해 좌측으로 방향을 튼 순간 아무 말도 못하고 눈물을 왈칵 쏟고 말았다. 5월의 봄날, 우리를 향해 환호하는 관람객들의 함성이 울려 퍼졌다. 석 달 동안 애썼던 마음이 거리 양쪽을 꽉 채운 관람객들의 응원에 그만 주책없이 터져버렸다. 그날의 몇 초간 함성과 손짓은 내 평생 잊지 못할 귀한 광경으로 마음에 남았다.

퍼레이드의 맨 앞줄에는 샌디와 메이데이 친구들이 '급진적 귀환'이라는 올해의 주제를 들고 가장 먼저 퍼레이드의 행렬을 열었다. 대지를 여성의 거대한 몸으로 표현한 첫 번째 그룹 행렬이 다음으로 이어졌다. 조각난 몸을 백 명이 훌쩍 넘는 참여자들이 정성스럽게 천천히 끌며 걸었다. 자본의 논리로 무자비하게 베여 나가는 자연과 콘크리트로 덮여버린 지구의 아픈 몸을 표현하는 퍼포먼스가 이어졌다. 배꼽 안에 사람이 들어가 한 움큼의 흙을 떼 관객들에게 전달했다. 지구에서 나온 생명의 한 조각을 받아든 것처럼 관객들은 소중히 흙을 받았다. 어떻게 하면 우리가 서 있는 이 땅이 다시 평온하게 숨을 쉴 수 있을지 고민하고 실천하는 것은 이제 관객의 몫이 되었다. 이 그룹에서 유난히 열심히 참여했던 윌로우는 출산을 코앞에 둔 만삭의 산모였다. 흙을 떼어 생명을 전하는 그의 퍼포먼스는 누구보다 깊은 감동과 움직임을 만들어 냈다. 배 속의 아기와 관객들은 윌로우를 통해서 새로운 생명력과 에너지를 주고받았을 것이다.

곧이어 분홍색 소라게들이 거리를 온통 휩쓸었다. 느릿한 소라게들은 금관악기 밴드의 빠른 연주를 따라가기 위해 온 힘을 다해 힘차게 걸었다. 소라게는 아무리 반짝이고 넓은 공간을 가진 껍데기가 있어도 자신에게 딱 맞는 크기의 집이 아니라면 그것을 선택하지 않는다. 넘치는 자원 앞에서 필요한 만큼만을 가져가는 것이다. 자기의 몸 크기에 맞춘 소라 껍데기 가면을 쓰고 걷는 이들의 모습 속에서 욕망보다는 조화로운 삶을 선택하는 지혜를 엿볼 수 있었다. 하지만 한편으로는 자신밖에 담을 수 없는 작은 공간 속에서 외롭게 살아가는 안타까운 모습도 동시에 가지고 있었다. 그룹의 대표 작가인 메를린은 "자신이 소라게 같은 느낌이 들 때가 있다면 어서 나와 친구를 사귀라"는 푯말을 들고 힘차게 걸었다.

드디어 내가 속한 그룹의 차례가 다가왔다. 메이데이 축제에 10년 넘게 참여한 인형 작가 엄정애가 한국인의 정서를 듬뿍 담아 이야기를 펼쳤다. 사회의 안전은 법에 의해 만들어지는 것이 아니라, 우리의 인간성에 의해 만들어져야 한다는 메시지를 담았다. 험악한 인상의 경찰 탈을 쓴 사우스 고등학교 학생 다섯 명이 검정색 감옥을 끌고 걸었다. 그 뒤로 바바라가 만든, 감옥과 똑같은 크기와 형태의 초록색 주민센터가 따라갔다. 초록색 앞치마를 매고 흥에 겨워 걷는 다섯 명의 아줌마들은 주민센터를 끄는 내내 소리쳤다.

"감옥을 짓기 원하세요? 주민센터를 짓기 원하세요?"

관객들은 일제히 손을 흔들며 대답했다.

"주민센터요!"

나는 한 달 동안 우리 그룹의 아이들이 직접 만든 작은 종이집을 관객들에게 나누어 주었다. 이 시간 잠깐이라도 집이 없는 이들을 떠올리고 그들을 위해 우리가 작게나마 할 수 있는 일들을 고민하는 시간이 되길 바라는 마음으로 말이다.

네 번째 그룹은 마샬아츠를 하는 작가 앤지가 선두에서 힘차게 걸으며 시작했다. 참가자들은 가면을 쓰고 심장을 형상화한 커다란 펌프를 끌고 가다가 5분에 한 번씩 자리에서 멈추어 퍼포먼스를 진행했다. 앤지를 짝사랑하는 제이크가 가면으로 얼굴을 가린 채 그 옆에서 힘차게 함께 걷는 모습이 보였다.

그 뒤를 바로 이은 행렬은 보라색 물결을 만들어 냈다. 흑인이라는 이유로 차별에 놓인 모든 현실을 곱씹었다. 흑인으로 구성된 팀원들의 걸음은 떳떳하고 당당했다. 제이콥이 멋지게 완성한 보라색 날개를 어깨에 장착하고 장애가 있는 다리에도 스케이트 보드를 타며 행진하는 모습이 저 멀리 보였다. 그 얼마나 기세등등하고 멋지던지!

마지막 행렬은 어른들이 파괴한 지구의 안타까운 모습에 어린이들이 할 말 많다며 직접 만든 자리였다. 손이 많이 가는 어린이들과의 작업에 가장 일찍 출근하고 가장 늦게 퇴근하던 작가 구스타보의 노력이 거리에 알차게 펼쳐졌다. 오염된 물과 토양, 그리고 그 위에서 생존해야 하는 동식물들. 만약 다시 과거로 돌아갈 수 있는 기회가 주어진다면 우리는 더 나은 선택을 할 수 있을까? 아이들이 던진 질문이었다. 자연을 해치지 않고 함께 살고 싶다는 천진난만한 목소리에 어른으로서 고마움과 미안함이 교차했다. 그 아이들이 아스팔트 거리를 미시시피 강으로 한순간에 바꾸었다. 춤을 추고 노래하고 부둥켜안으며 유쾌한 생태계 안에서 동물 가면을 쓴 학생들이 물고기가 되어 헤엄치고 토끼가 되어 뛰어다니고 코요테가 되어 어슬렁거렸다. 가장 바쁘게 작업하던 구스타보도 그날만큼은 키다리 장대 위에 올라가 하늘을 나는 새가 되었다. 밤새 종이 풀을 쑤고 인형을 만드느라 지친 그의 손에는 힘찬 날개가 쥐어졌다.

한 달간 주민들이 함께 모여 만든 인형들이 강물 흐르듯 마을을 타고 흘렀다. 생명의 흙이 가득한 황톳길을 지나고, 목마름과 추위를 막아주는 안전한 공간도 만났다. 차별 없는 씨앗이 뿌려져 자라나고 열매 맺는 텃밭도 보았고, 살아 있는 모든 것들이 평화롭게 노니는 대자연도 만났다. 그 어떤 차별도 불안도 없는 우리가 꿈꾸었던 아름다운 곳, 내가 그리도 참여하고 싶었던 메이데이 퍼레이드였다.

오후 2시, 사람들의 마음을 어루만지는 메인 퍼포먼스

긴 행렬이 파우더혼 공원에 속속들이 도착했다. 퍼레이드가 끝나자마자 쉴 틈도 없이 저 멀리 호수 건너편에 펼쳐진 세레모니 공연 장소로 뛰어갔다. 경사진 언덕이 관람객들의 좌석이었고 아래에 넓게 펼쳐진 공간이 자연스럽게 무대가 되었다. 관람객들은 각자 가지고 온 돗자리를 펴고 무대를 향해 잔뜩 기대에 부푼 얼굴로 앉아 있었다. 장애인들을 위한 구역에는 별도의 통역사들과 봉사자들이 안내를 도왔다.

세레모니를 위해 의상을 갈아입고 분주하게 준비하던 중, 지난주 엄마가 돌아가셔서 축제에 못 올 거라 생각했던 에스더가 공연 준비를 하고 있는 모습이 보였다. 다가가서 내가 먼저 말을 건넸다.

"에스더, 어머니 소식 들었어요. 마음 많이 아프시죠? 어떻게 위로의 말씀을 드려야 할지 모르겠어요."

말끝이 흐려지며 괜히 눈물이 났다. 에스더는 자신은 괜찮다고 축제 준비하느라 고생 많았다며 되려 나를 격려했다.

드디어 세레모니를 시작하는 2시가 되었다. 가장 먼저 음악팀의 튜바 연주자가 굵직한 사이렌 소리를 냈다. 객석 곳곳에 배우 역할을 맡은 시민과 작가들이 숨어 있다가 사이렌 소리를 들으며 무대 앞으로 한 명씩 천천히 걸어 나왔다. 다른 악기들의 연주가 합쳐지며 박자가 빨라지자 무대는 금세 불안하고 급박한 상황이 연출되었다. 무참히 훼손된 자연과 인종차별의 혼란을 배우들은 온몸으로 연기했다. 두 명의 시인이 시를 읊기 시작하자 음악의 박자는 느려지고 소리도 잦아들었다. 어르고 달래는 듯한 두 사람의 목소리는 혼란스러웠던 순간에 평화를 가져왔다. 누군가는 땅바닥에 귀를 기울이고 엎드려 흙이 하는 소리를 들었다. 또 누군가는 두 팔을 들어 하늘을 향해 숨을 크게 들이마셨다. 그때 에스더가 나를 향해 걸어왔다. 내게 두 손을 내밀더니 나지막이 말했다.

"괜찮아. 괜찮아. 다 괜찮아질 거야."

들리지 않을 만큼 작게 속삭이는 그 목소리에는 엄마를 잃은 딸의 슬픔이 가득했다. 손을 꼭 맞잡고 우리 둘은 소리 없이 한참을 울었다. 세레모니 공연은 연기가 아닌 우리의 생각과 감정을 온몸으로 솔직하게 표현한 시간이었다. 살아가며 누군가에게 상처 준 적은 없었는지, 이웃을 생각하는 나의 마음은 어떠한지, 매일 지나치는 강과 풀과 바다와 흙이 우리들에게 어떤 의미인지, 40분이라는 짧은 시간 동안 2천여 명의 관람객들은 자신의 삶에 비추어 공연을 바라보고 해석했을 것이다.

세레모니 공연은 메이데이 축제에서 42년간 단 한 번도 빠짐없이 진행된 '생명의 나무' 의식으로 막바지에 다다랐다. 이 의식은 건너편 호수에서 태양을 실은 나룻배가 노를 저어 관객에게 다가와 무대의 나무에 생명을 전달하는 퍼포먼스다. 객석에 있는 관객들은 일제히 일어나 "태양! 태양! 태양! 태양!" 소리와 함께 박수를 친다. 나룻배가 객석 쪽 강가에 닿으면 메이데이 축제의 주제곡인 'You are my sunshine' 노래를 경쾌하게 연주한다. 50여 개의 대형 깃발을 든 연기자들은 객석으로 뛰어들어 가 사람들에게 생명의 기운을 전하고 관람객들과 함께 노래하며 춤을 췄다.

노래가 끝난 뒤 누군가 "해피!"라고 외치자 모두 함께 "메이데이!"라고 답했다. 사람들의 얼굴이 5월의 봄 햇살처럼 눈부셨다.

　　퍼레이드와 세레모니 공연이 끝난 후에야 한숨 돌릴 수 있는 시간이
생겼다. 나는 조용한 곳에 자리한 큰 나무 아래로 가서 퉁퉁 부운 다리
를 뻗고 누웠다. 지난 석 달간 축제를 만들며 겪었던 수많은 일들이 스쳐
지나갔다. 힘들었던 시간, 즐거웠던 시간, 어느 하나 버릴 것 없이 알차게
배운 자리였다. 소중한 인연들의 이름을 한 명 한 명 하늘에 적고 씩씩하
게 자리에서 일어났다. 봉사자들과 함께 공원 청소를 하고 여기저기 널
려 있는 인형들을 트럭에 싣고 극장으로 돌아왔다. 천근만근 무거운 몸
을 문에 기대며 겨우 극장 문을 열었는데 순간 깜짝 놀랐다. 극단 운영팀
도 무지 바빴을 텐데 작가들을 위해 감사의 파티를 준비해 둔 것이다. 따
뜻한 음식을 함께 나누어 먹으며 오늘 있었던 메이데이의 순간 중 가장
행복했던 일들 하나씩을 돌아가며 이야기했다. 한 명 한 명 이야기할 때
마다 코 끝이 찡해졌다. 집으로 돌아오니 새벽 2시였다. 길고 긴 하루, 메
이데이가 끝이 드디어 났다. 잠을 자려고 눈을 감았는데 두 손을 뻗어 박
수치며 함성을 지르던 관객들의 모습이 눈에 아른거렸다.

세레모니 공연에는 무대와 객석 사이에
인위적인 경계가 따로 없다.

마을 사람들의 이야기에서
출발하여 마을 사람들과 함께
만들어 가는 축제,
메이데이 축제는 단 하루의
이벤트가 아니라 살아가는 매일,
우리들의 이야기다.

© Max Hayres

엄마와 상추 씨

축제가 끝나고 일주일이 흘렀으나 시원섭섭한 마음 때문이었을까? 마지막 평가 회의가 끝난 뒤 집에 들어가지 못하고 공원 주변을 어슬렁거렸다. 해가 완전히 지고 나서야 집에 들어가 저녁을 챙겨 먹고 2층 방문을 여는데 발 밑으로 편지 한 통이 툭 떨어졌다. 그대로 앉아 주소를 보니 '전라남도 해남군 송지면' 땅끝마을에서 보낸 엄마의 편지였다. 동백꽃 사진이 프린트 된 지난해 달력을 찢어 두 겹으로 봉투를 만들어 테이프로 꽁꽁 싸맨 영락없는 우리 엄마의 야무진 손길이다. 뜯지도 않았는데 벌써부터 엄마의 마음이 투둑투둑 내 손 위로 떨어졌다.

'해남의 저녁 노을이 얼마나 예쁜 줄 아느냐, 사흘에 한 번 사우나를 가는데 그 외의 날에는 할머니 집 청소랑 반찬을 하느라 정신 없이 지냈다, 손녀 손자와 영상통화하는 게 너무 행복하다, 샌디에게 고맙다고 꼭 전해라' 빼곡히 적힌 두 장의 편지 속 엄마는 한없이 여린 소녀였다가 며느리로, 또 할머니로, 그리고 나의 엄마로 끊임없이 변신했다. 봉투 속에는 뒷마당에서 꺾은 두 개의 허브 잎사귀가 들어 있었는데 하나는 내 책속에 넣어 다니고 다른 하나는 샌디에게 주라고 했다. 지난번 통화하며 샌디가 뒷마당에 채소를 키운다고 했더니 한국 상추도 맛보라고 상추씨 한 봉지도 함께 보내왔다. 때 되면 뜯어 먹고 그때마다 내 딸을 생각해 달라는 딸 바보 엄마의 촌스러운 해남표 고마움의 표현이었다. 편지를 손에 들고 엄마에게 전화를 걸었다.

"엄마! 편지랑 허브랑 그리고 상추 씨 잘 받았어!"

"그 편지를 보낸 지가 한 달이나 지났는디 인제 도착한 거여? 아직도 허브에서 냄새 나드냐? 어째 안 상하고 잘 갔든?"

사실 허브 냄새는 사라진 지 오래된 듯했다. 하지만 난 "응, 아직도 난당께" 하고 대답했다.

서울에서 나고 자라 땅끝으로 시집간 서울댁 우리 엄마는 이제 나보다 더 해남 사람이 되었다. 엄마의 구수한 사투리에는 허브만큼 아름다운 냄새가 담겨 있으니 편지 가득 허브향이 살아 있는 것이 맞았다. 전화 건너편에 빗소리가 세차게 들리는 듯해서 해남에 봄비가 내리느냐 물었다. 엄마는 지금 모내기 중인 아빠와 할머니에게 새참으로 가지고 갈 김치전을 부치고 있다고 했다. 빗소리가 아니라 기름 튀는 소리였다. 아빠가 좋아하는 설탕물 듬뿍 담은 국수말이와 김치전을 예쁘게 담아 논으로 걸어갈 엄마의 뒷모습이 눈앞에 아른거렸다.

다음날 아침 샌디에게 엄마의 허브 하나를 전해 주고 상추 씨는 뒷마당에 함께 심었다. 내가 미네소타를 떠나도 이곳에서 우리를 추억할 수 있는 해남 냄새와 싱싱한 채소가 텃밭에서 무럭무럭 자란다고 생각하니 떠날 날이 다가와 아쉬웠던 마음에 여유가 생겼다.

아픔과 치유가 공존하는 미국을 떠나며

샌디는 축제를 준비하는 바쁜 와중에도 작업실에 한번 들어가면 나오지 않을 정도로 무엇인가 집중해서 끊임없이 만들었다. 미네소타에 도착하고 얼마 지나지 않아 내 생일날 아침 방문 앞에 놓아 두었던 그림 편지도,

미네소타를 떠나던 날 내 손에 쥐어 주던 '물과 불'이라는 작은 이야기 책도 그가 직접 그리고 오려 만든 것들이다. 종이 위에 표현된 그의 이야기는 언제나 받는 이에게 특별한 힘을 전했다. '물과 불' 이야기는 전혀 다른 성질을 가진 이들이 결국 서로의 필요성에 의해 함께 존재하는 이야기다. 지난 석 달 동안 나는 '야수의 심장 인형 극단'이 하는 일을 통해서 전혀 다른 사람들이 모여 하나의 이야기를 만들어 가는 과정을 체험했다. 과연 이 시대에, 미국이라는 거대한 나라에서 마을 공동체가 회복될 수 있을까 했던 의구심이 믿음으로 변했다. 대척의 존재인 물과 불이 같이 존재할 수 있는 힘은 우리 서로 다르지만 '네가 없으면 나도 없다'라는 끈끈한 연대의 믿음에서 시작한다. 아픔과 치유가 공존했던 미국은 나에게 '믿음'을 알려 준 나라다. 불처럼 뜨겁고 물처럼 유유한 그런 믿음.

샌디와의 시간은 나를 감동하게 했고
반성하게 했고 깨어나게 했다.

종이와 물을 닮은 아름답고도 우직한 삶, 메이데이 축제 총감독 샌디

17년 전 야수의 심장 인형 극단이 교회 지하실에서 지금의 아발론 극장으로 이사 오기 전날 밤 샌디는 꿈을 꿨다. 부상당한 사람들이 목발을 짚고 서서 극장에 들어가기를 기다리는 꿈이었다. 아발론은 중세유럽의 영웅 아서왕이 죽음 앞에서 영혼의 휴식을 위해 찾았던 섬의 이름이다. 샌디는 이 극장이 앞으로 주민들의 아픔과 슬픔을 위로하는 안식처와 같은 공간이 될 것이라고 그 꿈을 해석했다. 그리고 극단의 예술감독이 되어 40년이 넘도록 마을 사람들과 긴밀히 창작 활동을 하며 많은 이들의 영혼을 달랬다.

샌디는 위스콘신에 있는 벨로이 대학에서 예술을 공부하며 자신의 사상을 특정 장소와 연결해 하나의 극을 만들거나 연기 워크숍을 진행하곤 했다. 학기 중에도 책상 앞에 앉아 있는 것보다 더 많은 시간을 미네소타 남쪽에 위치한 필립스 마을에 살고 있는 이민자들과 함께 보냈다. 그리고 그들과 함께 인형을 만들면서 차별에 맞서 살아가는 이들에게 진심 어린 위로가 필요하다는 사실을 깨달았다. 이후 1975년에 야수의 심장 인형 극단의 예술감독이 되어 필립스 주민들과 함께 인형을 만들어 메이데이 축제를 시작했다. 극단과 함께하며 샌디의 작업 방식과 메시지는 더욱 더 현실을 선명하게 반영했고 과감해졌다. 또한 세계 곳곳 아픔을 안고 있는 사회로 찾아가 작품으로 위로의 손길을 전했다. 그의 이런 활동은 멕시코, 아프리카, 그리스, 영국, 그리고 한국까지 뻗어 나갔다. 1999년 말, 새 천 년의 해를 맞이할 때 휴전선 바로 앞 임진각에서 전쟁과 폭력으로 상처 입은 세상의 모든 영혼을 위로하는 '생명의 나무' 공연을 올리기도 했다.

샌디의 삶과 창작 활동은 특이하고 복잡하다. 이런 그의 삶과 작품을 요약해야 한다면 나는 과감히 '종이'와 '물'의 세계라 말하고 싶다. 50년 전 필립스 마을에서 주민들과 만들었던 작은 인형부터 메이데이 축제의 대형 인형까지 샌디의 작품 대부분은 종이에서 탄생했다. 종이를 구겨 원하는 형태를 만들고, 자잘하게 찢은 종이를 붙여 모양을 다잡는다. 그리고 종이에 그의 온기가 더해지면 인형은 그때부터 깊고 부드러운 숨을 쉰다. 한평생 인형을 만들며 살아 온 샌디는 이 작업을 '영혼을 불어 넣는 작업'이라고 했다. 종이가 정말 보잘것없이 취급 받는 사회에서 샌디는 자투리 종이 한 장도 허투루 대하지 않는다.

샌디는 1980년 핵발전소의 수자원 위협에 관한 '물 컨퍼런스'에 참여한 뒤 '물'에 깊은 관심을 갖고 미시시피 강 가까이에 살며 끊임없이 물에 대한 작품 활동을 했다. 그의 다양한 물 퍼포먼스 작품은 수자원에 관심 없던 사람들에게도 많은 영감과 메시지를 전했다. 그중에서도 '세계를 연결하는 물Freeing the Water'은 여러 지역 주민들과 협업해 47개 지역의 강물로 만든 작품인데, 이라크 전쟁을 반대하는 의미를 담아 세계적으로 큰 호응을 얻었다. 물이 수증기, 빗방울, 눈송이 등 다양한 모습으로 변하는 것처럼 샌디의 작품도 시대 상황에 따라 시시각각 변화하며 미국 사회를 촉촉하게 적시고 있다.

그의 삶과 창작 활동은 다양한 영역을 넘나 드는 작품이 많아 복잡하고 특이하다. 그래서 한마디로 정의하기 어려운 예술가다. 작업의 형태로 부르면 인형작가, 조각가, 시각 예술가, 연기자, 음악가, 무용가, 예술 감독, 그리고 지역사회의 문제에 관심 많은 주민 활동가로 표현할 수 있

겠다. 작업의 범주를 정의하기는 어렵지만 작품을 이해하는 것까지 어려운 것은 아니다. 그의 작품에는 언제나 자연과 사람, 그리고 공동체에 대한 깊은 애정과 믿음이 있다. 샌디는 자신이 살고 있는 시대에, 그리고 이웃에게 늘 예술을 통해 말을 건넨다. 그에게 예술과 삶은 무엇보다 긴밀히 연결된 하나의 이야기다.

– 샌디 스필러 홈페이지: sandyspieler.com

전통에서 발견한 미래

Mexico

Oaxaca

길 밖에서 찾은 진짜 여행

일정에 없던 멕시코를 가게 될 줄은 꿈에도 생각하지 못했다. 덴마크에
있을 때 유난히 마음이 맞았던 친구 할리의 초청에 갑자기 결정한 일이
었지만, 긴 여행에 지쳐 있던 몸과 마음을 충전할 시간이 간절히 필요하
긴 했다. 그래서 계획했던 호주 일정을 조금 미루고 멕시코에 들러 잠시
쉬는 시간을 갖기로 했다.

정열의 나라라고 듣긴 했지만 멕시코가 이렇게 과감하고 열정적인
나라인 줄 몰랐다. 멕시코는 매 순간 곳곳에 에너지가 넘쳐 흘렀다. 색을
쓸 때에는 유난히 용감했다. 절대로 어울리지 않을 법한 색들을 뽑아 뒤
죽박죽 섞어 도시를 칠해 두었는데 이상하게도 그 색의 배치가 볼수록

매력 있었다. 과감함은 광장이나 전철 안 연인들의 거침없는 사랑 표현에서도 진하게 드러났다. 10대부터 60대까지, 눈을 어디에다 둬야 할지 민망할 정도의 스킨십에 연인의 도시 파리가 울고 갈 지경이었다. 고상한 현대미술관 앞에 펼쳐진 재래시장 상인들의 흥정 소리는 과감을 뛰어넘어 우악스럽기까지 했다. 한낮의 시장에서는 마리아치 공연이 펼쳐지고, 생전 처음 보는 남녀가 음악에 취해 서로의 허리춤을 부여잡고 춤을 춰도 어색하지 않은 곳이 멕시코였다. 내가 만난 멕시코는 남의 시선을 의식하지 않고 자신의 감정에 오롯이 충실한 나라였다. 멕시코 정부는 어디로 튈지 모르는 자유분방한 국민들 사이에서 질서를 잡으려 애썼다. 하지만 시민들은 정부의 이런 태도에 털끝만큼의 관심도 없었다. 자신들이하던 대로 마음껏 색칠하고, 소리 높여 흥정하고, 어디에서나 과감히 애정 표현을 주고 받았다. 야생미 넘치는 멕시코가 점점 더 좋아졌다.

이런 나를 위해 할리는 유명한 관광지보다 진짜 멕시코를 느낄 수 있는 곳들을 추천해 주었다. 나는 그중에서도 멕시코의 32개 주에 흩어져 살고 있는 원주민의 수공예품을 찾으러 다니는 데 굉장한 흥미를 느꼈다. 나무껍질로 만든 아마테amate라는 전통 종이를 보면 역사를 기록하고 지키기 위해 고군분투하던 원주민들의 집념이 느껴졌다. 상형문자로 무늬를 만들며 채색한 전통 나무 인형에서 멕시코의 토템 문화도 엿볼 수 있었고, 전통 염료로 물들인 실로 짠 옷감이나 담요에서는 멕시코 원주민 여성들의 고단한 삶도 느낄 수 있었다. 산화철 함유량이 높아 검은빛이 도는 전통 도자기에서는 지역의 흙냄새까지 상상이 됐다. 빨간빛 흙을 대충 주물러 사람 비슷하게 만들어 구워 놓은 것을 작품이라고 할 때에는 그들의 배짱에 웃음도 났다. 하지만 신기하게도 10분만 지나면 그 투박한 인형의 팔다리에서 묘한 매력들이 보였다.

오래전 멕시코를 침탈한 정복자들은 원주민의 삶과 공동체를 파괴하며 이들의 저항과 집념의 힘이 예술에서 나온다고 판단해 전통 수공예 기법을 금지했다. 그러나 원주민들은 곳곳에 숨어 자신들의 정체성을 담아 내는 수공예 작업을 대를 이어 전수했다. 그들이 정복자를 향해 던지고 싶었던 "우리의 뿌리는 절대 사라지지 않아"라는 외침은 수많은 시간이 지난 오늘까지 투박스러운 인형의 팔다리 위에 새겨져 그 위상을 고스란히 내게 전했다. 목숨을 내어놓더라도 지키고 싶었던 원주민들의 굳건한 의지와 예술의 힘에 놀라지 않을 수 없다.

수공예 시장에 들렀다가 멕시코 북부 치와와 지방의 부족이 바느질한 아름다운 꽃무늬 전통 옷 한 벌과 부족의 사계절 삶을 빼곡히 그려놓은 아마테 그림 한 장을 샀다. 알면 알수록 더 궁금해지는 멕시코 원주민의 삶과 예술 이야기가 내 마음 깊은 곳에 어느새 눌러앉아 버렸다. 서울에서 기획한 순서대로 착착 달려온 지난 1년의 여행. 그러나 그 시간 속에서 내 삶과 생각도 조금씩 변해 이제 그 기획이 무색한 날에 다다랐음을 깨달았다. 그 밤 난 할리에게 진지하게 이야기했다.

"나 멕시코에 더 머물러야 할까 봐. 어떻게 생각해?"

온전한 시간과 정성을 쏟아 부어 만든
부족들의 수공예품들을 보러 다니며
지난 여행에 지쳤던 몸과 마음이 조금씩
회복되는 것을 느꼈다.

무이 비엔 멕시코

문화기획자로 일하며 우리가 살고 있는 이 시대의 축제, 문화 행사, 그리고 나아가 문화예술이 어디로 가야 할지 고민할 때마다 나는 과거의 예술을 짚어 보는 데서 힌트를 얻었다. 기술 발달로 사람이 하던 많은 일들을 기계가 대신하는 세상에서 편리와 효율을 고려하지 않는 원시의 예술은 내게 온전한 노동의 가치가 무엇인지 알려 주었다. 쏟아지는 정보 속에 살면서도 아이디어가 떠오르지 않을 때 찾는 최후의 보루는 존재하는 모든 사물을 예술의 소재로 사용했던 원주민들의 상상력이었다.

멕시코에 들어온 뒤 원주민 작품을 감상할 때마다 이상하게도 작품들이 나에게, 그리고 지금 시대에 무엇인가 말하려 애쓰는 듯 느꼈다. 그리고 나는 이 느낌이 예술로 밥벌이하고 살아가야 할 나의 인생에 놓치면 안 될 중요한 이야기임을 직감했다. 여행 경비와 기간 때문에 일정을 더 늘릴 수는 없는 상황이라 계획했던 호주 방문을 과감히 포기하기로 했다. 그 대신 멕시코에서 석 달을 지내기로 결정했다. 호주 앨리스스프링스에 가려고 했던 계획 역시 호주 원주민 아보리진의 전통 예술을 가까이에서 경험하고 싶었던 거라 멕시코 여정과 일맥상통하는 부분이 있어 어렵지 않게 아쉬움을 달랬다. 솔직히 말하면 멕시코 남부 오악사카 지방에서 만난 '알레브리헤alebrijes'라는 나무 인형을 만난 후 마음을 모두 빼앗겨 버렸다.

내가 처음 만났던 작품은 꼬리를 하늘 높이 쳐들고 있던 파란색 물고기였다. 무릎을 굽혀 알레브리헤 물고기와 눈을 마주쳤는데, 새파란

물고기가 파닥거리며 내게 물었다.

"내 몸에 그려진 문양을 이해할 수 있겠니?"

물고기 비늘에는 비밀 암호 같은 특이한 문양이 가득했다. 얼마나 깨알같이 작고 정교한지 손으로 작업한 것이라고 상상할 수가 없었다. 호주 원주민들의 그림을 처음 봤던 날, 그때도 그림은 내게 신비한 패턴을 보여 주며 어디 한번 해석해 보라며 물었다. 멕시코와 호주 원주민들의 연속된 문양 속에서 느껴지는 신비, 우연 치고는 참 놀라운 일이었다.

사포텍 부족이 만드는 오악사카 스타일의 알레브리헤에 매력을 느낀 이후, 나는 멕시코시티 도서관에서 사포텍 부족의 이야기, 수공예에 관한 책들을 찾아 읽었다. 온라인 번역기와 친구 할리의 도움을 받고 사진 위주의 책을 중심으로 궁금증을 해결하고 또 호기심도 넓혀 나갔다. 책과 인터넷 정보만으로는 성에 차지 않았다. 책상 앞에 앉아 자료만 뒤적이던 그 생활이 싫어 한국을 떠나왔는데 무엇이 두려울까, 컴퓨터를 끄고 책을 덮고 가방을 싸서 사포텍 부족이 산다는 오악사카로 이동했다. 오악사카는 태평양 바다를 끼고 있는 아름다운 도시였다. 운이 좋게도 오악사카 바닷가 마을에 네 살짜리 딸 아이에게 피아노와 미술을 지도해 줄 선생님을 구하는 부부가 있다고 해서 하루 두 시간씩 아이를 가르치고 무료로 숙박을 하기로 했다.

동네에 들어오니 책 속에서는 결코 알 수 없는 살아 있는 알레브리헤 이야기를 쉽게 접할 수 있었다. 그리고 얼마 되지 않아 옆집 아저씨가 나를 불러 이야기했다.

"우연아! 알레브리헤만 만드는 마을 공동체가 있는데, 거길 가보지 그래?"

　그곳은 오악사카 시내에서 약 40분 정도 떨어진 '산 마르틴 틸카헤 테San martin tilcajete'라는 동네였다. 당장이라도 찾아가 보고 싶은 마음에 동 네의 몇몇 장인들과 연결을 시도했다. 장인들의 답을 기다리며 알레브리 헤를 처음 만나고 난 뒤 줄곧 생각해 온 프로젝트를 실행해 보기로 마음 먹었다. 알레브리헤 나무 인형과 함께 어린이 동화책을 만드는 것이었는 데, 처음에는 멕시코 원주민 문화를 한국에 소개할 수 있는 하나의 방법 으로 가볍게 생각했다. 그러다가 알레브리헤 만드는 법을 직접 전수 받 는다면 원주민들의 삶을 더 가까이에서 지켜볼 수 있는 멋진 기회가 될 거라는 생각도 들었다. 개인적인 욕심까지 더한다면 나의 긴 여행을 마 무리하는 멋진 결과물 하나쯤 멕시코 친구들과 함께 나누고, 또 한국에 들고 돌아가면 좋을 것 같았다. 애타는 마음으로 2주 정도 기다렸을까. 틸카헤테의 하코보Jacobo라는 장인에게서 답장이 왔다. 찾아 뵙고 싶다고 했더니 장인은 흔쾌히 허락해 주었다. 행여 기회를 놓칠세라 바로 약속 을 잡았다. 미국에서 실수한 것이 떠올라 만날 날짜와 요일, 시간까지 다 시 한 번 꼼꼼하게 확인했다. 하코보 장인은 오악사카 시내에 '보이스 데 코팔(Voces de copal, 코팔나무의 소리라는 뜻으로 코팔나무는 알레브리헤의 재료 다)'이라는 알레브리헤 전시장도 운영하고 있었다. 마을까지 혼자 찾아 오기 힘드니 전시장에 가서 담당자 마틴을 찾으면 그가 마을까지 차로 안전하게 데려다줄 것이라 했다.

　네 살 친구의 피아노 실력은 나아질 기미가 보이지 않았지만, 곧 바빠 질 거라는 하코보 장인의 말에 서둘러 가방을 쌌다. 매일 밤 보던 태평양의 바다가 가장 그리울 것 같아 마지막 날 저녁에는 해가 질 즈음 바닷가로 나가 돗자리를 깔고 누웠다. 내가 어쩌다가 이곳까지 오게 되었는지, 알레브리헤 장인과의 만남을 통해 무엇을 더 보고 싶은 것인지, 이런저런 생각이 꼬리에 꼬리를 물고 파도에 파도를 타고 이어졌다.

그날 밤 깜빡하고 바닷가에서 잠들었다가 파도 소리에 놀라 새벽이 되어서야 깼다. 눈을 뜨자마자 전날 밤 싸 놓은 가방을 들고 오악사카 시내로 가는 아침 버스에 올랐다. 시내까지 가는 데에만 열두 시간이 넘는 여정이었다. 알레브리헤를 만나러 간다는 부푼 마음과 시시각각 변하는 멕시코 남부의 빼어난 절경에 몸은 고단했지만 정신은 어느 때보다 또렷했다.

전시장에서 마틴을 만나 장인이 있는 마을까지 들어가는 길, 지난밤 생각들을 다시 한 번 차근차근 정리했다. 마을에 거의 도착했는지 마틴이 운전하다 말고 소리쳤다.

"비엔베니다(환영합니다)! 산 마르틴 틸카헤테!"

초록색 커다란 안내 표지판을 지나 우회전하여 들어간 순간 '어머나 세상에! 이런 동네가 지구상에 존재하다니!' 하고 깜짝 놀랐다. 동네의 집들은 모두 형형색색 간판을 달고, 마을 사람들은 하나같이 앞치마를 입고 붓을 들고 돌아다니며 알레브리헤를 만들고 있었다. 집집마다 대문 앞에는 모빌처럼 달린 작은 알레브리헤 인형이 바람이 불 때마다 살랑살랑 흔들렸다. 부푼 마음을 안고 마을 끝자락에 위치한 하코보 장인의 작업장에 도착했다. 규모가 무척 커서 눈이 휘둥그레졌다. 장인의 작업실에는 함께 일하는 사람들만 80명이 훌쩍 넘어 보였다. 그때 나는 산마르틴 틸카헤테 마을에서 가장 큰 규모의 작업장에 겁도 없이 발을 디딘 것이었다. 떨리던 심장이 더 빠르게 요동치기 시작했다. 하코보 장인은 나무 그늘 아래 커다란 소파로 나를 안내했다. 테이블 위에는 세숫대야만 한 황토색 도자기에 아침에 뜯어온 노란 꽃이 물 위에 동동 떠 있었다. 화려한 문양의 벽 타일과, 여기저기 놓인 발랄한 색의 사포텍 장식품들은 더위와 피로에 지쳐 있던 내게 신비스런 에너지를 전했다. 장인과 나란히 앉아 이야기를 시작했다.

"저는 천우연이라고 합니다. 시간 내주셔서 정말 감사해요. 연락 드린 대로 한국에서 축제를 기획하는 일을 했습니다. 그리고 회사를 그만두고 1년 전부터 여행을 시작했어요."

무슨 여행을 하고 다니는지 구구절절 설명하는 것보다 간결하게 정리된 영문 리플릿이 이해가 쉬울 듯하여 두 손으로 공손히 건넸다. 하코보 장인은 앞뒤 꼼꼼하게 읽어 보더니 내게 물었다.

"우리와 무엇을 하고 싶은 거지요?"

가장 중요한 이야기였다.

"이곳에서 장인들에게 알레브리헤를 만드는 법을 배우고 싶어요. 그리고 여기 계시는 장인 분들과 함께 어린이 동화책을 만들고 싶어요."

마무리는 동화책이 되겠지만 만드는 과정 속에 이들과 함께 살며 배우고 싶은 것들이 많았다. 장인은 대답을 듣자마자 다시 질문했다.

"왜 우리랑 하려고 하는 거지요?"

사실 바닷가에서 꼬리에 꼬리를 물던 생각, 차를 타고 이곳까지 오는 동안 잠들 수 없게 했던 생각, 내가 스스로에게 던진 질문 역시 같은 것이었다. 크게 숨을 들이쉬고 천천히 이야기했다.

"오악사카 알레브리헤를 처음 본 순간 깜짝 놀랐어요. 채색 문양이 너무 정교하고 독특해서요. 전 늘 열정적으로 일하는 사람이긴 했지만, 자세히 관찰하고 경험하는 것 대신 빠른 길로 가기 위해 일을 중재하고 움직이던 사람이었어요. 더 많은 실적을 내기 위해서, 그리고 더 많은 이윤을 내기 위해서요. 저한테 주어진 시간이 늘 넉넉하지 않았거든요. 알레브리헤의 정교한 문양을 보고 난 뒤, 하나의 작품을 만들기 위해 장인들이 쏟아부은 정성 어린 시간들이 이전의 저를 꾸짖는 것 같았어요. 그리고 알레브리헤를 만드는 것을 천직으로 받아들이고 사는 부족민들의 책임감은 대체 어디에서 오는지도 궁금하고요. 또 이걸로 생계를 꾸리며 사는 마을의 지속 가능한 삶의 방식도 옆에서 지켜보고 싶어요. 부족 사람들과 함께 동화책을 만들면서 자연스럽게 느끼고 배우고 싶은데, 이곳에서 친구가 되어 지내면 안 될까요?"

길게 말해 놓고 내심 횡설수설한 것은 아닌가 걱정이 됐다. 그래도 하고 싶은 말은 다 꺼냈으니 마음이 가벼워졌다. 마틴의 통역을 다 듣고 난 장인은 큰 목소리로 웃으며 얘기했다.

"아주, 아주, 아주, 좋아요!"

스페인어로 "무이, 무이, 무이 비엔!"이라고 말하는 소리를 듣자 하늘을 날 듯 기뻤다. 나도 모르게 소파에서 일어나 펄쩍펄쩍 뛰었다. 왜 또 얌전히 있지 못하고 철부지처럼 방방 뛰었나 잠깐 후회가 되긴 했지만 미리 나를 보여주는 것도 나쁘지 않았다.

하코보 장인을 만나러 가는 길,
그림 같은 풍경을 지나면
어떤 이야기가 나를 기다릴까.

낯선 이방인의 모습이 익숙하지 않은
부족민들은 내가 그들 앞을 지나가기만 해도,
하던 일을 모두 멈추고 내가 자신들의 시야에서
사라질 때까지 눈을 떼지 못했다.

나는 멕시코시티에 돌아가서 2주쯤 준비하고 다시 이곳으로 돌아오겠다고 했다. 머릿속에는 할리에게 함께 동화책을 만들자고 제안할 계획이었다. 그리고 멕시코시티에서 동화책 구성을 고민하고 자료를 찾을 시간을 벌 참이었다. 걱정되었던 몇 가지 문제에 대해 질문을 더 드렸다.

"혹시 동네에 제가 묵을 만한 공간이 있을까요?"

장인은 머뭇거림 없이 말했다.

"우리 집에서 머물러요. 먹고 자는 건 걱정 말아요. 오늘부터 우리는 우연 씨를 가족처럼 대할 거예요. 모두 챙겨줄 테니까 걱정 말고 오세요. 우리 작업장에 훌륭한 장인들이 많아요. 그분들 모두 책 만드는 데 도움 줄 수 있도록 할게요. 모든 걱정 내려놓고 열심히만 해요."

나는 전생에 나라를 구했나 보다. 멕시코에 들어오고 난 뒤부터 세상이 나를 돕고 있다는 생각이 떨쳐지지가 않았다. 멕시코시티로 돌아가 할리에게 동화책 프로젝트를 설명하고 함께하자고 제안했다. 할리도 원주민 마을에서 함께 작업하며 산다는 계획이 꽤 매력 있다고 느꼈는지 기쁘게 받아 주었다. 동화책은 내가 나고 자란 동네, 땅끝마을에 있는 아름다운 절 '미황사'의 창건 이야기를 각색해 만들기로 했다. 동화책을 만드는 건 우리 둘 다 처음인지라 준비할 것들이 많았다. 하지만 든든한 친구 할리와 함께하니 준비 작업에도 속도가 붙기 시작했다.

작업장 사방을 꽉 채운 식물들은 매일 내리는 세찬
장대비에 무럭무럭 자라 작업장을 한층 더 싱그럽게
만들었다. 빗소리와 풀벌레 소리, 망치질 소리, 삭삭삭
사포질소리까지, 이 모든 것들이 함께 어우러진 오후의
작업실, 그 공간의 소리가 정말이지 나는 참 좋았다.

알레브리헤, 그리고 산 마르틴 틸카헤테의 사포텍 부족

알레브리헤는 멕시코시티에 살던 페드로 리나레스Pedro Linares라는 사람의 꿈에서 시작되었다. 오랫동안 병에 시달리던 그는, 어느 날 기괴한 동물들이 나타나는 꿈을 꾸다가 놀라 잠에서 깼다. 그때 "알레브리헤!"라는 알 수 없는 소리를 외치며 일어났다고 한다. 이후 페드로는 꿈속에서 보았던 신비한 생명체들을 파피에 마세(종이와 아교 등의 풀을 섞어 만든 종이 죽으로 형태를 만들고 굳히는 공예)라는 방법으로 만들었다. 그가 만든 것은 나귀의 얼굴에 나비의 날개를 달고 있거나, 사람 얼굴에 황소 몸을 가진 환상적인 생명체들이었다. 프리다 칼로와 디에고 리베라 등의 멕시코 저명 예술가들도 페드로의 작품에 반했고 이후 서민들에게도 많은 사랑을 받았다. 알레브리헤는 멕시코 전역에 퍼져 지금은 지역마다 고유한 조각, 채색 방식으로 만들어지고 있다.

알레브리헤로 유명한 틸카헤테 마을은 '모노스'라고 불리는 사포텍 스타일의 알레브리헤를 만들어 관광지에 납품해 생계를 꾸리고 산다. 직접 농사를 짓고, 먹고 남은 곡식들은 장에 내다 팔며 몇몇 집은 아직도 물물교환을 하기도 한다. 사계절 내내 풍부한 강수량과 일조량 덕분에 또르띠아의 주원료인 옥수수가 쑥쑥 자라고, 각종 채소와 열대 과일도 풍부하다. 마을 사람들은 소, 닭, 염소도 직접 키워 잡아먹는다. 낫이나 곡괭이를 들고 다니는 사람, 물감 묻은 앞치마를 입고 붓을 들고 다니는 사람, 색칠을 하다 말고 앞치마를 두른 채 염소를 몰고 가는 어린 아이도 거리에서 자주 마주친다. 농사와 예술이 한데 섞인 평화롭고 조화로운 마을이다.

부족 고유의 언어인 사포테카(Zapoteca, 문자는 없는 언어다)와 스페인어를

동시에 사용한다. 대부분의 노인들은 스페인어를 구사할 수는 있지만 읽고
쓰지 못한다. 틸카헤테의 교육 환경은 멕시코 전 지역을 통틀어 가장 열악하다.
학생들은 열세 살이 되면 학업을 중단하는 것이 자연스럽다. 우리 시선으로는
중단이지만 그들은 알레브리헤와 함께 제2의 인생학교가 시작된다고
생각한다. 나무를 깎으며 자연과 함께 사는 지혜를 배우고, 장인과의 작업을
통해 어른을 공경하는 자세를 배운다. 마주 앉아 알레브리헤를 만들며 협업이
무엇인지 알아가고, 그것들을 시장에 내다 팔며 자신의 노동력과 시장 경제의
가치에 대해서도 배운다.

미국 관광객들의 높은 관심과 구매로 마을은 매해 꾸준히 성장했지만 마을
사람들은 그 누구도 더 큰 집을 짓고, 더 많은 농작물을 재배하고 소유하려
땅을 사들이지 않았다. 주어진 삶에 만족하며 겸손히 살아가는 것이 사포텍
부족들의 삶의 방식이다.

마을 분위기를 보여 주는 풍경 하나가 바로 마을 방송이다. 이장님은 아침,
저녁으로 본인이 원할 때마다 마을 방송을 했다.

"아아, 여러분 잘 들리십니까? 어제 아침에 오코틀란 시장에 가는 버스에
장미꽃을 두고 내리신 분, 찾아가세요. 열댓 송이 되는 빨간 장미입니다. 아주
멋집니다. 냄새도 좋습니다. 저희 집에 가져다 놨으니 잃어버리신 분은 마음
그만 아파하고 찾으러 오세요."

장미꽃을 잃은 사람의 마음을 헤아리고, 찾아 주려는 마음. 아름다움이
무엇인지, 나누는 것이 무엇인지, 욕심내지 않고 사는 삶이 무엇인지 알고 있는
사람들, 틸카헤테 마을에 사는 사포텍 부족, 바로 내 이웃들이다.

내 이름은 '우 에르난데스'

책 한 권을 만드는 데 우리에게 주어진 시간은 오직 두 달 뿐이었다. 편집에서 인쇄, 제본까지 포함한 기간이었으니 실제로 작업장에서 작업할 수 있는 시간은 고작 5주가 전부였다. 하루 열 시간 작업하는 장인들의 일정에 맞춰 우리도 그렇게 작업하기로 했다. 무엇보다 장인들과 친해지는 것이 급선무였다. 이곳에서 일하는 80명이 훌쩍 넘는 장인들의 얼굴과 이름을 모두 기억하는 게 내겐 너무 벅찬 일이었다. 비슷비슷한 외모에 이름은 발음하기 어찌나 어려운지, 남몰래 노트에 얼굴을 대충 스케치하고, 이름은 소리 나는 대로 한글로 받아 적어 열심히 외웠다.

알레브리헤를 만드는 작업 공간은 작품을 만드는 과정에 따라 공정별로 나뉘어져 있다. 조각팀, 수리와 보수팀, 채색팀, 이렇게 세 팀으로 나뉘어 팀 단위로 작업을 진행했다. 조각팀의 작업이 끝나면 다음은 수리, 보수팀이 넘겨 받아 작업하고, 뒤를 이어 채색팀이 마무리해 하나의 작품을 만들었다. 어른의 팔뚝만 한 작품은 평균 6개월 정도가 필요하다. 그것도 수습생이 아닌 마에스트로라고 불리는 장인이 만들 경우이다.

장인들의 나이는 평균 30대 중반이었다. 장인이라고 하면 왠지 70대 이상 되는 고령의 어르신일거라 생각했는데 그렇지 않았다. 하코보 작업장의 젊은 장인들은 대부분 이 동네에서 나고 자란 사람으로 10대 초반에 수습생으로 들어와 훈련을 거쳐 이곳에서 성장한 사람들이다. 이들의 창의적인 생각과 과감한 도전은 멕시코를 넘어 미국과 일본까지 틸카헤테 알레브리헤를 알리는 데 중요한 역할을 해왔다. 젊은 장인들은 새로운 세상에 뛰어들려는 욕망보다 마을을 지키고, 알레브리헤를 만드는 것을 더 가치 있는 일이라고 여겼다. 일할 때 하루에도 몇 번이고 회사를 때려치우고 싶어 했던 나로서는 이곳의 젊은 장인들의 모습이 그저 놀랍기만 했다.

하나의 알레브리헤를 만들기 위해 작업장의 장인들은 각자의 영역에서 분주하게 움직였다. 그 과정을 지켜보고 있으니 우리에게 주어진 짧은 시간에 동화책을 완성할 수 있을지 마음이 바빠지기 시작했다. '정말 우리가 해낼 수 있을까?' 할리와 마주 보고 한숨을 쉬려던 순간, 조각팀에 앉아 있던 한 남성이 우리를 보고 소리쳤다.

"거기 그러고 있을 거예요? 빨리 시작해야죠!"

나보다 열 살이나 어린 프레디였다. 그는 11년차, 조각팀 장인이다. 알레브리헤의 재료인 코팔나무와 빨리 친해지는 것이 급선무라고 생각했던지, 그는 우리에게 자신이 깎은 원숭이 인형 두 개를 쥐어 주었다. 우리가 해야 할 일은 원숭이의 몸을 매끄럽게 다듬는 사포질 작업이었다. 하루 반나절, 계속되는 사포질에 손가락이 부르트기 시작했다. 이제는 정말 다 된 것 아니냐며 원숭이를 내밀면 프레디 장인의 대답은 어김없이 "노! 노!"였다. 하지만 그 시간 덕에 코팔나무의 냄새를 맡고, 나뭇결을 느낄 수 있었고 동시에 조각팀의 얼굴도 함께 익혔다. 힘들었지만 꽤 멋진 작업이었다.

멕시코의 7월은 오후만 되면 장대 같은 비가 어김없이 쏟아지는 날이 계속됐다. 작업장 처마에서 우두두두 소리내며 떨어지는 빗물이 흙바닥을 자꾸 팠다. 그 구멍으로 물 떨어지는 소리와 흙 냄새가 피어올라 작업장을 가득 채웠다. 6시 즈음, 장인들이 퇴근하는 시간이다. 도끼질 소리도 하나둘 멈추고, 숨죽여 조심스럽게 색칠하던 사람들도 붓을 내려놓고 각자 집으로 돌아갈 준비를 했다. 유난히 친하게 지내던 몇몇 장인들이 휘파람을 불며 다가와 할리와 내게 퇴근 전에 보여 줄 것이 있다고 했다.

장인들과 빨리 친해지고 싶어 하는 우리 마음을 읽었는지, 장인들은 나에게 멕시코 이름을 하나 지어 주었다. 나의 이름인 '우연'의 '우'자를 따고, 이곳 여성들에게 가장 흔한 이름인 '에르난데스'를 붙여 '우 에르난데스'라는 이름이 어떤지 물었다. 발음도 멋지고 나와 어울리는 듯해서 진심으로 좋다고 했다. 장인들만 달고 다니는 이름표 목걸이도 하나씩 만들어 주었다. 이름표를 목에 걸고 할리와 마주보며 소리쳤다.

"오늘부터 우리도 이곳의 당당한 수습생이야!"

첫 직장에서 3개월 인턴을 마치고 정직원이 되던 날, 그때도 이런 이름표를 하나 받았었다. 내 이름이 적힌 목걸이를 회사 문 앞에 갖다 대면 '띠리릭' 하는 소리와 함께 문이 열렸다. 그것 하나로 선택된 사람이 된 것 같은 기분, 뭐든 다 할 수 있을 것만 같던 꿈으로 가득 찬 그 시절 그 모습이 문득 머릿속을 스쳐 갔다.

먼저 퇴근하는 장인들이 저만치 앞서 걸어가며 우리를 향해 소리쳤다.

"우 에르난데스, 내일 봐!"

우리들의 하루는 이렇게 저물어 갔다. 비 온 뒤 집으로 돌아가며 걷는 길, 묽은 흙이 발 밑에 깔릴 때마다 찌럭찌럭 소리를 냈다. 나는 오늘부터 '우 에르난데스'가 되었다고, 새 이름이 생겼다며 펄쩍펄쩍 뛰며 친구가 된 동네 구멍가게 주인아줌마에게 자랑했다. 그리고 정식 수습생이 된 기념으로 이름표도 받았다며 으스대고는 콜라 세 캔을 사서 한턱냈다. 한국으로 돌아가 다시 새로운 직장에 들어가도 이런 기분과 마음일 수 있을까? 그렇지 않을 것 같다면 무슨 이유일까? 그 이유가 무엇 때문인지 사실 조금 알 것 같기도 했다. 좋은 이름과 멋진 이름표를 받은 날이지만 한편으로는 조금 겁이 나기도 했던 하루다.

모두를 책임지는 알레브리헤

장인 중 몇몇은 새벽 6시부터 나와 작업을 시작했다. 그 열정이 어디에서 나오는지 생각하다가 문득 일밖에 모르고 살던 시절이 떠올랐다. 나는 스스로 마음에 드는 수준의 제안서가 나올 때까지 절대 마우스에서 손을 떼지 못하고, 시작하면 끝을 보고 마는 고집 센 직장인이었다. 죽자사자 일하는 내게 친구들은 "회사가 끝까지 너를 책임져 줄 것 같아?"라는 질문과 함께 "적당히 해"라는 충고로 내 마음을 건드렸다. 어느 점심시간, 매일 가장 먼저 나와 작업을 하는 장인에게 가서 물었다.

"왜 그렇게 일찍 나와서 작업하세요?"

"알레브리헤가 우리 모두를 책임지고 있거든."

자신이 하고 있는 일이 스스로는 물론 가족, 그리고 마을을 책임지고 있다는 대답은 세상 어떤 말보다 감동스러웠다. 알레브리헤를 만드는 것이 천직이라고 받아들이고 살기 때문에 무언의 강제성, 그로부터 오는 막중한 책임감 때문이지는 않을까, 당장 벌어 먹고 살아야 하니 돈을 벌기 위해 그럴 거야 하는 생각도 했다. 하지만 그의 말투에서 느꼈던 것은 오히려 작업 자체를 진정으로 사랑하는 마음이었다. 실제로 장인들은 대부분 이런 마음으로 작업을 하고 있었다. 이들이 얼마나 자신의 일을 사랑하는지 느꼈던 순간들은 셀 수 없이 많았다.

가장 시끄러운 조각 작업장에는 열 명의 장인들이 과일 깎는 칼과 도끼 등 몇 되지 않는 투박한 도구로 단단한 코팔나무를 깎았다. 이들은 사포텍 부족 태양의 달력에 출연하는 악어, 원숭이 등 스무 개의 동물과 구름, 햇빛 등 자연현상을 조각했다. 장인들은 나무 위에 바로 스케치를 하는데, 그 손그림은 어린아이들이 장난쳐 놓은 것처럼 보였다. 그런데 신기하게도 깎기 시작하면 뛰어난 손놀림으로 어느새 모양이 정교하게 다듬어졌다. 더 쉽게, 더 빠르게, 더 매끈하게 작업을 도와 줄 새로운 공구들이 많아졌지만, 장인들은 손이 하는 정성과 수고를 무엇과도 바꾸지 않았다. 시간을 줄여 주는 기계 작업에는 깎으면서 고민하고 수정하는 과정, 또 다른 모양으로 변화할 수 있는 많은 기회들이 끼어들 틈이 없다. 장인들은 고단한 과정을 즐기며 하나의 작품을 만들어 냈다. 고생할 일이 많아지면 많아질수록 아름다움 역시 커진다고 생각하는 듯했다.

조각이 끝이 나면 수정, 보완 작업을 진행했다. 이 팀에서 일하는 미겔 장인은 자신의 작업에 대해 이렇게 말했다.

"나무는 재가 되어 하늘로 없어지기 전까지는 숨을 쉬고 있는 자연의 일부죠. 조각한 작품들은 살아 있는 생명체이기 때문에 우리 손을 떠나기 전까지는 소중하게 다루어야 합니다.”

　내부에 생기는 벌레를 조심스럽게 파내고 남은 나무조각들로 다시 그 공간을 메웠다. 채색 전에 표면을 매끄럽게 하는 사포질도 진행했다. 한쪽에 작업장에 처음 나온 아홉 살 새내기 어린이가 사포질을 열심히 하고 있었다. 그 모습을 보고 하코보 장인에게 짓궂은 질문을 했다.

　“조각을 하고 싶다고 해서 가르치기 시작했는데 만약에 아무리, 아무리 가르쳐도 실력이 나아지지 않으면 어떡해요?”

　“그렇다면 팀을 옮겨 주죠. 조각을 못하면 대부분 채색을 잘해요.”

　“그런데 채색도 정말 못한다면요? 아무리 가르쳐도 실력이 나아지지 않으면 어떡하죠?”

　“그러면 더 열심히 가르치죠. 끝까지, 잘할 때까지. 다 함께요.”

　3개월간 이들과 함께 부대끼며 그의 말이 듣기 좋은 포장이 아님을 알 수 있었고, 진심으로 감탄했다. 알레브리헤를 중심으로 한 사포텍 공동체는 “네가 성실히 작업에 임한다면 우리는 결코 너를 내치지 않아. 네가 나무를 손에서 놓기 전까지, 붓을 내려 놓기 전까지, 네가 어떤 모습이든 알레브리헤를 만지는 너의 삶은 우리에게 소중해”라고 온몸으로 말한다.

　회사 생활 5년 차가 되었을 때부터 내가 속한 부서의 신입직원 채용에 직접 면접 심사를 했다. 직원의 성장을 중요하게 생각하는 회사였지만 나는 이왕이면 내가 힘을 안 빼도, 눈치 빠르게, 스스로 재빨리 성장을 할 수 있는 사람을 뽑았다. 3개월이 지나면 어쩔 수 없이 인턴인 채로 다시 세상에 내던져지는 친구들도 많았다. “그러면 더 열심히 가르쳐 주면 되지요"라던 하코보 장인의 말에 3개월의 시간은 한 사람의 내면을 보고 판단하기에는 너무 짧은 시간이었음을 뒤늦게 반성했다.

이곳 작업장에는 '낙오자'가 될지 '장인'이 될지 판가름 나는 길에 수습생들을 홀로 세워 두지 않았다. 잘하지 못해도 끝까지 가르쳐 주는 인생의 선배가 그곳에 있다는 것은 인생의 패배자가 없다는 의미이기도 하다. 알레브리헤를 만들다가 '나는 재능이 없어'라고 판단하는 수습생도 없고, '너는 끝까지 구제불능이구나'라고 포기하는 장인도 없었다. '내가 한 팀의 리더로 끝까지, 잘할 때까지 모두를 끌고 가는 리더였을까?' 깊은 의문이 드는 순간이었다.

알레브리헤를 마지막으로 책임지는 팀은 제작 과정의 꽃이라고 불리는 채색팀이다. 기본 문양은 사포텍 부족의 상형문자에서 따왔다. 그리고 1년을 20일씩 18개월로 쪼갠 태양력 속 이야기에 상상력을 더해 새로운 문양을 창조했다. 30여 개가 넘는 문양들이 각각 고유한 의미를 지닌, 부족이 믿는 신의 언어로 탄생했다.

타원형 모양 속에 깨알 같은 점을 찍은 '씨앗' 문양은 생산력을 의미한다. 부족들은 텃밭에 심어 둔 씨앗을 바라보며 만물을 잉태한 봄의 기운과 함께 흙을 뚫고 대지로 솟아나올 생명을 기다렸다. 세모 얼굴을 가진 '물고기' 문양은 존경을 뜻한다. 바다에서 물고기 두 마리를 잡으면 하나는 반드시 바다로 돌려보냈다. 넉넉한 먹거리를 주는 바다신께 감사함과 존경을 표하는 그들의 삶의 방식이다. 마름모 형태의 '나비'는 행복을 의미한다. 마을에 나비가 날아 다니는 것은 곧 좋은 일이 생길 거라는 길조를 뜻했다. 행복을 실어 나르는 나비 떼는 사포텍 부족들의 오래된 행복 전도사였다. 동그란 '태양'은 희망을 의미한다. 농업을 관장하는 태양은 텃밭에 심어둔 곡식들을 무럭무럭 자라게 하고 마을 사람들을 먹여 살렸다. 장인들은 이 문양들을 가느다란 붓 끝에 물감을 묻혀 한 올 한 올 자수를 놓듯 표현했다. 붓 끝에 온전히 에너지가 모이는 순간, 조금의 떨림도 없는 그 순간에는 방해가 될까봐 숨소리조차 조심스러웠다.

나는 섬세한 붓질이 적성에 잘 맞아 채색팀에서 가장 즐겁게 작업했다. 채색 장인들은 내가 끄적거리던 한글에도 관심이 많았다. 장인 한 명의 이름을 한글로 적어 주었더니 바로 자신들의 문양으로 재해석하는 창의성을 발휘했다. 이들의 관찰력과 상상력에 매순간 자극을 받았다.

각각의 공간에서 장인과 수습생 모두 자신이 맡은 일을 성실히 해냈다. 하코보 장인은 이들의 노동에 합당한 보상도 잊지 않는다. 작업공간에서 일하는 모든 사람들은 매주 토요일마다 주급을 받았다. 우리 같은 온라인 거래가 없기 때문에 2층 사무실에서 80명이 넘는 장인과 수습생이 한 명씩 직접 현금으로 임금을 받아 갔다. 봉투에는 나날이 계산한 작업 시간이 적혀 있었다. 서로 얼굴을 마주 보고 악수하고, 봉투를 건네는 훈훈한 주급날의 광경이 펼쳐졌다. 며칠 전부터 수습생으로 나와서 처음으로 붓을 잡았던 어린 친구도 일한 금액을 떳떳이 받아 갔다. 집에 돌아가는 길에 과자 몇 봉지 사면 끝나는 적은 돈이지만, 작업장에서는 수습생의 예술 노동을 감사하게 여겼고 그에 알맞은 금액을 지불했다. 살며시 한쪽 눈을 감고 봉투 안에 든 돈을 세어 보는 장인들의 미소 머금은 얼굴을 보며 나 또한 덩달아 행복해졌다.

작업장의 막내, 수습생 미겔리또.
출근길에 만난 그에게 조각이 좋은지,
채색이 좋은지 물었다.
해맑게 웃으며 미겔리또가 하는 말, "둘 다요!"

자신들의 뿌리가 구름과 나무에
있다고 믿는 사포텍 사람들.
알레브리헤를 만드는 장인들은
늘 나무를 부둥켜안고 작업했다.
나무 안에 깃든 선조들에게
부족의 삶을 보살펴 주어
감사하다 속삭이듯 말하며.

나의 노동이 우리 회사, 사회, 그리고 나의 인생에 얼만큼의 값어치가 있을까? 한 달에 한 번씩 수고했다고, 고맙다고, 악수 나누며 월급봉투를 내미는 사회였다면, 나는 내 스스로가 훨씬 더 가치 있는 사람이라고 느꼈을지도 모르겠다. 월급이 들어온지도 모른 채, 카드값으로 홀랑 사라져 버리는 게 일상이라 내 노고를 스스로 칭찬해 줄 시간도 없었다. 연차가 높아질수록 다행히 나는 내 연봉에 대체적으로 만족했지만, 처음 이 일을 시작했을 때 '하고 싶은 일을 하고 사니 조금 덜 받아도 참아라' 하는 식으로 월급통장에 찍힌 소액의 금액을 아직도 잊을 수가 없다. 정당한 노동을 열정페이로 깎아내린 그 순간을 왜 나는 당연한 듯 감내하고 살았을까?

틸카헤테 마을에 사는 장인들은 경제적인 걱정을 하지 않고 살 수 있는 세계의 몇 안 되는 예술가가 아닐까 싶다. 애초부터 큰 것을 바라지 않는 장인들의 겸손한 삶의 태도 덕분이기도 하지만, 그만큼 그들의 예술 행위를 높이 평가하는 사회의 인식 때문이기도 하다. 장인들은 평균 10만 원 가량의 주급을 받는데 바나나 한 송이가 100원 정도인 물가를 생각하면 안정적인 생활이 가능한 수준이다. 처음 이곳을 방문했을 때, 나는 이들의 삶이 문명의 혜택을 받지 못한 불편함을 견디고 사는 삶이라고 생각했다. 그러나 그것은 풍요 속에서도 늘 빈곤함을 느끼고 살았던 이방인의 착각이었다. 퇴근 시간 전 간식으로 퀘사디아 한 개를 열댓 명이 쪼개 나누어 먹으면서도 불평이 없는 사람들이 바로 사포텍 부족이다. 자신들의 삶이 가장 풍족하다는 말, 알레브리헤가 자신을 책임지고 있다는 말, 그들이 한 이야기가 납득이 되는 순간이었다.

일상과 맞닿아 있는 축제 '겔라게차'

"내일 여기 구경 갈래요?"

점심 식사를 마친 뒤 하코보 장인이 내게 티켓 두 장을 내밀었다. 오악사카 시내에서 열리는 '겔라게차'라는 축제의 공연 입장권이었다. '겔라게차'는 '우리 함께 나누어요'라는 뜻의 원주민 말이다. 외세의 침략이 잦고 흉년이 계속될 때, 오악사카 지역의 부족민들은 서로 겔라게차하며 삶을 이어왔다. 있는 자들은 어려운 이웃들을 보듬어 안았다. 모두가 행복해야 잘 산다고 생각하는 부족들에게 나눔은 곧 자신의 안정을 의미했기 때문이다. 어느 한 마을에서 시작된 '겔라게차' 축제는 이제 오악사카를 대표하는 축제가 되었다. 8월 한 달간 오악사카 시내에서는 매일 거리 퍼레이드를 행진하고, 야외 공연장에서는 화려한 부족들의 공연이 펼쳐진다. 시내만이 아니라 작은 마을에서도 저마다의 겔라게차 축제를 동시에 진행한다.

작업을 잠시 내려놓고 할리와 공연을 보러 시내로 나왔다. 축제 열기로 한껏 달아오른 거리는 세계 각국에서 온 관광객들로 발 디딜 틈이 없이 북적거렸다. 중심 거리에서는 네 시간에 한 번씩 화려한 의상을 입은 부족들이 전통 춤을 추며 거리를 행진했다. 나는 공연 축제로 가장 널리 알려진 에든버러 프린지 축제에 여러 번 참여했는데 한여름의 에든버러 같은 에너지를 따라갈 축제는 없을 거라 생각했다. 그런데 기능도 다르고 규모도 다른 오악사카 겔라게차 축제를 보며 내 생각이 틀렸을 수도 있겠다고 느꼈다. 축제 분위기로 한껏 들떠 있는 길을 따라, 시내 꼭

대기에 위치한 야외 공연장으로 들어갔다. 공연은 오악사카의 40여 개 부족이 저마다의 전통 의상을 입고 약 30분간 춤을 춘 뒤, 자기 지역에서 생산하는 특산물을 선물로 포장해 와서 관객을 향해 뿌렸다. 축제 참여 경험이 있는 사람들은 잠자리채 같이 생긴 그물망을 준비해 오기도 했다. 초보 관객인 우리는 빈손이었는데 옆에 계신 아저씨가 자신이 받은 바구니 두 개와 바나나를 우리에게 나누어 주시며 말했다.

"이게 바로 겔라게차랍니다!"

부족들은 화려하고 멋진 의상을 입고 춤을 췄다. 고유한 화장법, 의상, 소품들이 각 부족들의 개성을 잘 표현했다. 40여 부족이 추는 전통 춤은 각 부족의 이야기를 담고 있었다. 이렇게 멋진 춤을 위해 얼마나 노력하고 준비했을까 궁금했다. 그러나 관계자를 통해 듣게 된 겔라게차 축제 준비 과정은 의외였다. 원주민 부족은 1년 내내 모여 노래하고 춤을 추는 것이 일상이라 축제를 위해 특별한 연습을 하지 않는다고 했다. 그저 자신들의 일상이 축제의 연장선에 있을 뿐이라 했다.

그들이 입고 나온 전통 의상이 무척 화려해 축제를 위해 만든 것인 줄 알았는데, 그렇지 않았다. 자신들이 직접 바느질하거나 베틀에 짠 수공예품으로 평상시에 입는 옷이라 했다. 겔라게차 축제에서 보여지는 모든 것, 나누어 주는 모든 것이 부족 일상의 한 부분이라 해도 과언이 아니었다. 작은 부족들이 모여 춤을 추고 노는 '나눔 잔치'에 전 세계 사람들이 열광했고, 지금은 오악사카의 연간 최대 관광수입원이 되었다. 순수하게 자신의 문화를 지키고 나누는 부족들의 순박함과 일상의 아름다움을 담은 축제의 순수성이 놀라운 힘을 발휘했다. 축제는 작위적인 이벤트가 아니라 부족들 스스로 지키는 것이었다.

의상 보느라, 춤 보느라, 나누어 주는 물건들 잡느라, 시간 가는 줄 몰랐는데 어느새 공연이 시작된 지 다섯 시간이나 훌쩍 지났다. 언제쯤 끝날까 궁금해하는데 옆에 선 아저씨가 이야기했다.

"아직 축제 끝난 거 아니에요. 내일 아침이나 되어야 끝날 걸요."

진정 멕시코 스타일이었다. 우리는 밀려 있는 작업들도 있고 해서 늦은 시간 마을로 돌아왔다. 직접 눈으로 보고도 믿을 수 없는 한 편의 대단한 다큐멘터리를 보고 온 기분이었다.

며칠 뒤, 틸카헤테 마을에서도 작은 규모의 겔라게차가 열렸다. 집집마다 축제에서 나누어 먹을 음식들을 준비하고, 서로에게 나눌 선물을 포장해서 들고 나왔다. 오후 5시가 되자 마을 입구에서 브라스밴드가 신명 나게 연주를 시작했다. 화려하게 차려 입은 사포텍 여성들이 커다란 바구니를 머리 위에 이고 춤을 추며 걸었다. 그 뒤로 남성들은 깃털 옷을 입고 힘차게 행진했다. 마을 꼭대기에 자리한 작은 원형 무대가 오늘 축제가 열리는 곳이었다. 마을 사람들은 공연이 시작하기를 기다리며 무대 옆으로 줄 지은 천막 아래에 앉아 잔치 분위기를 한껏 즐겼다. 흰머리를 곱게 땋은 할머니 네 분이 똑같은 앞치마와 검정 고무신을 신고 나란히 앉아 무대를 바라보고 박수를 치는데 그 모습이 어찌나 정겹던지.

축제의 하이라이트는 깃털 장식을 한 남성들의 절도 있는 춤이었다. 사포텍 부족에게 새는 가장 높은 곳에서 세상을 관망하는 동물로 통했다. 그래서 그런지 남성들이 새를 흉내내는 안무를 할 때마다 젊은 여성들의 환호 소리가 끊이질 않았다. 부족 사람들은 춤이 끝날 때마다 양파도 던지고 옷도 바구니도 던졌다. 작은 공연장이라 손만 내밀어도 착착 선물들이 걸려 들어왔다. 사람들의 권유에 못 이겨 나도 무대 위에서 엉거주춤 그들의 품에 안겨 춤을 췄다.

틸카헤테 겔라게차는 축제를 총괄하는 기획자도, 큐시트도 리허설도 없었다. 모두가 기획자였고 모두가 자원봉사자였으며 모두가 VIP이고 모두가 최고의 대접을 받는 관객이었다. 실수하면 하는 대로 웃고 넘겼다. 실망할 사람이라고는 없는, 모두가 즐겁게 잘 놀다 끝나면 되는 축제였다. 한국에서 일할 때 어느 축제 포럼에 갔다가 경쟁력 없는 지역 축제에 쏟는 예산 낭비에 대한 사례들과 '킬러 콘텐츠' 때문에 본인이 먼저 죽겠다는 축제 담당 공무원의 이야기를 들은 적이 있다. 무엇인가 만들어 내야만 한다는 강박으로 생겨난 축제는 딱딱하고 부자연스러운 축제가 될 수밖에 없다. 지속과 자생의 문제는 축제 담당자만의 몫이 아니라는 것, 축제를 참여하는 모두가 자연스럽게 과정을 즐겨야 한다는 것을 또 한 수 배웠다.

새벽 3시가 넘어가는데도 쿵짝쿵짝 마을 꼭대기에서 음악소리가 멈추질 않았다. 축제는 밤새 계속된다는 멕시코. 틸카헤테 이 작은 마을도 예외가 아니었다. 아침이 되어서야 돌아온 할리의 모습을 보고는 축제가 끝이 났구나 했다. 그런데 마을 축제는 이게 전부가 아니었다. 가족처럼 지내는 마을 사람들은 동네 이웃들의 생일, 성인식, 결혼식 잔치를 모두 챙겼다. 그러다 보니 일주일의 반절이 마을 잔치였다. 6시 땡 하면 작업장에서 일하던 장인들이 퇴근을 서둘렀던 이유도 그 때문이었다. 이곳이야말로 진정 우리가 꿈꾸는 저녁이 있는 삶, 일상이 축제인 나날이었다.

7월의 따사로운 햇빛이
아름답게 수놓은 부족들의
옷자락에 닿았다.
춤을 추는 발끝에도,
활짝 웃는 얼굴에도,
살포시, 소중하게.

내일의 희망을 심는 날

7월 중순, 알레브리헤의 주 재료인 코팔나무를 심고 제례를 지내는 행사가 마을에 있었다. 자연으로부터 왔다는 부족에게 나무를 베고, 깎고, 그리고 다시 심는 것은 어떤 의미일까 늘 궁금했다. 밤새 내린 비에 바닥은 질척거렸고 기온은 40°C가 훌쩍 넘었다. 동네 사람들이 작업장 앞 공터에 삽과 곡괭이를 들고 모여들기 시작했다. 마을 주민들이 얼추 모이자 하코보 장인이 앞에 나와 이야기했다.

"나와 주셔서 감사합니다. 오늘은 코팔나무를 심으러 가는 날입니다. 여러분이 서 있는 이곳에서부터 묘목이 있는 곳까지는 산길을 따라 30분 정도 걸어야 합니다. 그곳에 도착하면 한 사람당 두 개의 묘목을 들고, 앞마을의 산으로 이동할 것입니다. 그 산은 걸어서 가기에는 꽤 멀기 때문에 마을에서 마련한 트럭을 함께 타고 이동하겠습니다."

장인들의 가족과 함께 묘목이 있는 산을 향해 걸어 올라갔다. 산골짜기를 따라 깊숙이 들어가니 그늘진 곳에는 여전히 아침에 내린 빗방울이 나뭇잎 끄트머리에 데롱데롱 매달려 있었다. 산 중턱을 넘어서자 탁트인 공간에 천 그루가 족히 넘어 보이는 어린 코팔나무가 펼쳐져 있다. 그곳에서 우리를 기다리던 부족민이 나와 이야기를 꺼냈다.

"저는 오늘 이날을 위해서 어린 코팔나무를 지난 1년간 보살폈습니다. 지난 1년간 우리는 수많은 코팔나무를 깎아 알레브리헤로 탄생시켰습니다. 자연에서 얻은 것은 반드시 돌려주는 것이 도리입니다. 새로운 생명을 드리는 오늘은 참 의미 있는 날입니다. 그러니 지금부터 모든 순간에 마음을 다하십시오.”

그리고는 나무를 심을 건너편 큰 산을 가리키며 코팔나무를 심는 방법을 천천히 설명했다. 나는 첫눈에 들어온 묘목을 두 개 골라 트럭에 올라탔다. 우리가 탄 차는 시원한 바람을 가르며 산속으로 깊숙이 들어갔다. 커다란 저수지 앞에 내려서 묘목을 들고 한참을 또 걸어 올라가니 산 중턱에 광활한 공간이 펼쳐졌다. 힘을 합쳐 삽으로 땅을 파서 묘목을 놓고 흙을 덮어 밟기를 수십 번 반복했다. 강한 햇빛 때문에 땀은 비 오듯 흐르고, 얼굴은 시뻘겋게 달아올랐다. 그래도 묘목을 심는 고사리 같은 어린 손들을 보면 마음이 흐뭇해져 몸의 피로를 떨쳐낼 수 있었다. 그때 누군가 외쳤다.

“밥이다! 밥이다! 밥!”

그날 들었던 말 중 가장 반가운 소리였다. 작업을 마무리하고 저수지에서 손을 씻고 바닥에 옹기종기 모여 앉았다. 어깨도 저리고 다리도 아팠지만 그날의 꿀맛 같던 점심에 피로가 싹 사라지는 듯했다.

저수지 건너편에서 우리나라 풍물패 같은 이들이 풍악을 울렸다. 제를 올리는 시간이었다. 장인 몇이 사포텍 전통 의상으로 갈아입고 겔라게차에서 추던 전통 춤을 추기 시작했다. 양손에는 마라카스 같은 작은 악기를 들고 흔들며, 거대한 모자를 쓰고 새처럼 나는 춤을 췄다. 하늘 일을 주관하는 새가 하늘을 날며 우리가 심은 작은 묘목들을 지키고 틸카헤테 부족들의 삶을 보살펴 줄 것이다. 풍물패 날갯짓에 나도 함께 두 손 모아 빌었다. 묘목이 자라나는 세월 동안 우리 사는 세상도 조금씩 더 사람내 나는 세상으로 성장하게 해달라고.

수십 번 왔다 갔다 하며 묘목을 날랐더니 땀이 비오 듯 쏟아졌다
땅바닥에 주저앉아 쉬고 있던 내게 한 아이가 갑자기 달려와
아무 말 않고 마냥 환하게 웃었다.
그 웃음에 아이의 손을 잡고 훌훌 털고 일어났다.

먼 산을 보며 땀을 식히고 있는데 하코보 장인의 아들인 리카르도가 내 옆에 와서 앉았다. 우리 앞에서는 늘 장난치기 좋아하는 친구였지만, 감각과 재능이 뛰어나 멕시코와 미국에서 그 실력을 인정받은 꽤 유명한 작가다. 그가 진지한 목소리로 말했다.

"우 에르난데스, 두 달 전 멕시코시티에서 우리가 있는 이곳에 쓰레기 매립장을 세운다고 발표한 거 알아? 마을 공청회도 없이 자기들끼리 결정해서 말이야. 산을 밀고 땅을 판대. 우리는 이렇게 나무를 심고 있는데…… 내가 어렸을 때 우리 마을에는 정부의 억지스러운 정책으로 억울하게 땅을 뺏긴 사람이 많았어. 정부는 우리 의견을 무시했지. 그때 나는 정치가가 되어서 마을을 지켜야겠다고 생각했어. 그런데 정치판은 내가 생각했던 것보다 훨씬 더 썩었더라고."

스물두 살 리카르도는 더 나은 마을을 위해 자신이 어떤 역할을 해야 할지, 어떻게 살지 이미 확신한 듯했다. 그리고 말을 이었다.

"지금은 내가 가장 잘하는 예술을 통해 마을을 지킬 수 있는 방법을 찾고 있어. 마을 벽화 작업도 그렇고, 다음주에 오악사카에서 쓰레기장 매립 반대를 위한 공청회가 열리는데 그곳에도 찾아 갈 거야. 얼마나 많은 예술가가 반대하는지, 어떤 마음으로 이 사안에 임하고 있는지 보여주는 포스터를 그려서 들고 가려고."

분함과 단호함이 섞인 리카르도의 말에서 굳은 의지와 사명감을 느꼈다. 아직은 어리지만 단단한 뿌리를 가진 젊은 예술가, 그리고 오늘 심은 어린 묘목, 이들이 굳건히 마을을 지키고 성장시킬 것이다. 마을을 둘러싼 크고 작은 나무들이 알레브리헤를 만드는 이 아름다운 마을, 그리고 묵묵히 자신의 길을 걷는 예술가들을 언제까지나 지켜 주었으면 좋겠다. 온몸이 피곤했지만 마음은 한층 건강해졌다.

서로 다른 속도로 발맞추어 걷기

아침에 일어나자마자 할리는 소를 보러 가야 한다고 했다. 동화책의 주인공인 소를 만들기 전에 꼼꼼히 직접 보고 관찰하고 싶다는 이야기였다. 얼떨결에 할리를 따라 사진기와 노트를 들고 소 키우는 집을 찾아 갔다. 바닥이 온통 소똥으로 가득한 우사에는 풀어 놓은 소만 대충 봐도 50마리가 훨씬 넘어 보였다. 미끌미끌한 바닥 때문에 걷지도 못하고 가만히 서 있는데 냄새는 또 얼마나 고약한지! 할리는 만족할 만큼 사진을 찍은 뒤, 얼음처럼 서 있는 내게 작업장으로 돌아가자는 신호를 보냈다. 똥 묻은 신발을 젖은 풀에 쓱쓱 대충 닦고 우사를 나서는데 괜히 머릿속이 복잡해지기 시작했다. 나는 동화책 구성이 소를 관찰하는 일보다 중요하다고 생각했기 때문이다. 바탕 종이 고르기, 스케치 구성, 채색, 사진 촬영, 판형 결정, 다른 언어로 인한 번역 문제 등등. 작품을 완성하고 원화 전시회까지 하려면 전시장 섭외와 공간 구성까지, 해야 할 것들이 너무 많아 마음이 조급했다. 이렇게 빡빡한 일정을 생각하니 할리도 나와 같은 마음일까 싶어 서운했다. 서운한 마음이 들자 별일 아닌 것에도 서로 예민하게 반응했다. 조금씩 삐걱삐걱 우리 사이에 어긋나는 소리가 들리기 시작했다.

　나이는 나보다 어렸지만 늘 언니같이 나를 챙겨주던 할리, 본인 작업에 있어서 만큼은 누구보다 성실했고 특히 공동작업을 할 때는 늘 파트너를 배려했던 친구였다. 사실 삐걱거리는 원인은 내 안에 있었다. 서울에서 일을 할 때도 그랬다. 무슨 프로젝트든 함께하는 모든 사람들이 나와 같은 양의 열정을 가지고 일해야 한다고 생각했다. 그것이 협업의 가장 중요한 출발이라고 생각했던 것이다. 적어도 이곳에서만큼은 그 기준을 적용해서는 안 되는 일이었다. 예전의 나를 내려놓고, 무엇보다 동료를 믿고 기다리는 인내심이 필요했다. 그런데 몸이 기억하고 있는 습관이 날 가만히 두지 않았다.

둘 사이가 서먹서먹할 때면 집 앞까지 말없이 걷다가 구멍가게에서 우유 두 개를 사 나란히 앉아 벌컥벌컥 들이마시며 미처 헤아리지 못한 서로의 서운함, 고민을 나눴다. 우유 두 개로 속내를 털어낼 수 있어 얼마나 다행이고 고마웠는지 모른다. 서먹한 시간이 한차례 지나간 뒤 우리는 이전보다 더 믿고 의지하게 되었다. 싸우면서 큰다더니, 다 큰 줄 알았던 우리가 이렇게 또 성장하고 있었다. 이런 관계가 결코 쉽지 않음을, 짧지 않은 사회생활을 통해 뼈아프게 배웠기에 더 소중한 경험이었다.

삐걱거림을 뒤로하고 우리는 복잡했던 스케줄과 중요한 것들을 정리했다. 그림책 바탕 종이는 멕시코 전통 종이 '아마테'로 정하고 이를 사기 위해 토요일 아침, 시내로 향했다. 아마테는 무화과 나무나 선인장 뿌리를 최대한 정제하지 않고 뽑아내 뻣뻣한 섬유질이 그대로 살아 있는 종이다. 나무 냄새가 그대로 배어있는 투박하고 거친 종이 결은 달기도 하고 쓰기도 했던 우리들의 추억을 담기에 제격이었다.

이렇게 멋진 멕시코 전통 종이에 사포텍 부족과 함께 만든 알레브리

혜와 한국의 이야기를 얹으면 그야말로 두 나라의 문화가 제대로 어우러진 책이 될 듯했다. 종이를 팔던 상점의 주인아저씨는 시간이 지날수록 종이색이 더 깊고 진하게 변하니 세월을 두고 그 색을 찬찬히 살펴보라는 정보도 주셨다. 곁에 두고 싶은 소중한 사람들과의 추억이 아마테 속에서 시간이 지나면 지날수록 더 깊고 진하게 새겨진다니! 생각만 해도 가슴 따뜻해지는 일이다.

할리와 함께 작업하는 과정에서 내 중심으로 생각하고 바랐던 욕심을 하나둘씩 내려놓는 데 익숙해져 갔다. 일만큼은 양보를 잘 모르던 완벽주의에 고집불통이던 내게 찾아온 놀라운 변화였다.

내가 왜 이곳에 왔는지, 무엇을 얻고자 하는지
헷갈릴 때마다 할리는 그 중심에서 나를 잡고
초심을 일러주었다.

150인분의 커피와 함께 나눈 감사의 마음

동화책 작업이 마무리 단계에 접어들자 우리는 원화 전시회 준비를 시작했다. 편집과 인쇄는 멕시코시티에서 진행할 예정이라 전시회가 끝나면 곧 마을을 떠나야 했다. 그래서 전시하는 날, 그동안 우리의 작업을 도와주었던 분들께 마지막 감사의 마음도 함께 전하기로 했다. 필요한 것들을 메모해 오코틀란 시장에 나왔다. 돈은 넉넉하지 않았지만 할 수 있는 한 좋은 음식으로 대접하고 싶어 우리의 단골 노점상을 찾았다. 오악사카산 토종 원두와 카카오를 파는 아줌마네 가게에서 150인분의 커피가루와 코코아가루를 샀다. 아줌마는 150인분의 커피를 끓이는 방법을 손짓 발짓하며 몇 번이고 설명해 주셨다. 할머니와 손자, 손녀가 함께하는 빵집에서 빵도 샀다. 못생겨도 맛 하나는 최고였다. 그날 팔아야 할 하루치를 전부 다 판 노점상 주인들은 우리들에게 다음에 또 오라며 몇 번이나 고맙다고 인사했다. 우리가 정말 이곳에서 다시 만날 수 있는 날이 올까? 아쉬운 마음에 뒤를 돌아 손을 크게 흔들었다.

장인들이 모두 퇴근한 뒤 우리는 전시장을 꾸미기 시작했다. 할리가 벽 사이즈를 재고 원화 프레임을 만들 때, 나는 바닥을 쓸고 벽을 깨끗하게 정리했다. 장인들과 함께했던 소소한 추억들, 복잡하고 분주했던 지난 시간들이 사무치게 스쳐갔다. 전시장을 꾸미는 동안 할리와 나는 서로 눈이 마주칠 때마다 잘했다고 칭찬하고, 수고했다며 위로하는 눈빛을 나눴다.

천천히 웃고 떠들며 작업하다 보니 밤은 깊어 가는데, 일은 끝날 기미가 보이지 않았다. 빨리 끝내고 들어가서 쉬고 싶은 마음보다는 아쉬운 마음에 어떻게든 그 시간을 부여잡고 싶은 심정이었다. 원화를 벽에 모두 붙이고 그림마다 책의 이야기를 한글과 스페인어로 적어 붙였다. 마지막으로 전시장 현판까지 써서 거니 제법 그럴싸한 전시가 되었다. 작업은 마무리가 되었지만 나는 다음 날을 위해 조금 더 준비할 일이 있었다. 작업을 위해 도움 주셨던 모든 장인들에게 스페인어로 직접 감사 인사를 전하고 싶었다. 한글로 정리한 내용을 영어로 옮긴 후 할리가 스페인어로 다시 정리해 주었다. 할리가 읽어 주는 그대로 한글로 받아 적었다. 더듬더듬 읽어 보며 내 발음을 과연 장인들이 잘 이해할 수 있을지 걱정이 되어 연습하고 또 연습했다. 그날 밤 나는 너덜너덜해진 종이를 붙잡고 꼬이는 발음에 망연자실하다 지쳐 잠들었다.

마침내 전시를 여는 날 아침이 밝았다. 장에서 음식을 준비하며 함께 산 새 옷을 입고 커피와 코코아 가루, 빵을 들고 작업장으로 향했다. 유난히 날씨가 좋고 마음이 들떠 꼭 봄소풍 가는 것 같았다. 전시장에 도착해서 음식들을 예쁘게 그릇에 담아 놓고, 작업장의 식사를 만들어 주시는 할머니의 도움을 받아 150인분의 커피를 끓여 냈다. 곧 2층 전시장이 100명 넘는 사람들로 꽉 채워졌다. 동그랗게 모여 서니 벌써부터 손발이 떨리기 시작했다. 하코보 장인이 먼저 운을 뗐다.

"할리와 우 에르난데스가 지난 두 달 동안 우리들과 함께 작업하며 이렇게 멋진 작품들을 만들어 냈습니다. 도와 주신 모든 장인분들 너무나 감사합니다. 오늘은 이 작품들을 관람하고 나서 뒷마당에서 모두를 위한 잔치를 합시다. 그럼 먼저 한국에서 온, 우 에르난데스를 소개합니다."

환하게 웃으며 박수를 치고 있는 장인들 앞으로 가서 섰다. 매일 조 각과 채색을 가르쳐 주던 장인들 한 명, 한 명을 기억한다. 처음에는 그 렇게 어렵던 이름과 비슷해 보이던 얼굴들이 어느새 너무나 또렷하게 내 안에 자리 잡았다. 감사한 마음으로 지난밤 준비한 글을 한 줄씩 읽어 나갔다.

"감사합니다. 지난 시간 동안 저는 여러분들과 함께여서 무척이나 행복했습니다. 혼자라면 절대 해낼 수 없었던 일을 가능하게 도와 주셔 서 정말 감사합니다."

내 발음을 이해했을까 궁금해 조심스레 장인들의 얼굴을 쳐다보았더 니 모두들 고개를 끄덕이며 환하게 웃고 있었다. 그래서 다음 문장부터는 자신 있는 목소리로 읽어 나갔다.

"여러분들과의 작업을 통해서 참 많은 것을 배웠습니다. 그리고 앞 으로 제가 살아가며 어떻게 예술을 대해야 하는지도 여러분들의 모습을 보며 깊이 깨달았습니다. 저는 여러분이 그 어떤 유명 예술가보다 훌륭 한 예술가라고 생각합니다. 천만 년 지나도 계속될 알레브리헤를 만들 장인들, 바로 여러분이 참 자랑스럽습니다. 우리들의 소중한 추억을 마 음속에 깊이 간직하겠습니다. 5년 안에 반드시 여러분들을 보러 꼭 다시 올게요. 우리 꼭 이곳에서 오늘처럼 다시 만납시다. 무엇보다 내 옆에서 가장 고생하고 가장 열심히 도와준 내 친구 할리에게 고맙다는 이야기 를 전합니다."

한마디 한마디 읽어 내릴 때마다 사무치는 감정에 심장이 멎는 것 같았다. 이어서 할리도 마을 사람들에게 감사의 마음을 전했다. 통역해 주는 사람이 없어서 그녀가 한 말은 이해하지 못했으나 뜨겁게 흐르던 할리의 눈물에 함께 도와준 장인들에게, 그리고 나에게 무엇을 이야기하는지 금세 읽어 낼 수 있었다.

할리는 전시장에 있는 그림 동화 열여섯 페이지를 구연하듯 읽어 주었다. 곳곳에 나오는 한국 고유명사를 읽는데 할리의 발음이 한국인처럼 자연스러웠다. 틸카헤테 마을에서 나고 자라 평생을 살아 온 동네 사람들은 한국이라는 나라가 어디에 붙어 있는지, 해남은 또 어디 있는지, 미황사는 어떤 절인지 궁금해 했다. 내가 가진 스마트폰으로 지도를 열어 위치를 설명하고 미황사의 실제 사진들도 찾아서 보여 주었다. 언제든 놀러 오라고 말하고 싶었지만 해외 여행이 쉽지 않은 부족 사람들의 삶을 알기에 꾹 참았다.

비록 장인들의 눈에는 실수도 많고, 완벽하지 못한 작업이었지만 우리에게는 추억과 배움 가득한 시간이었다. 모두가 파티 준비로 자리를 비웠을 때, 할리와 둘이 전시장에 남아 원화 그림들과 우리가 만든 알레브리헤를 찬찬히 살펴보았다. 지난 고생과 즐거움으로 채워진 전시장은 오직 나와 할리가 만들어 낸 자리가 아니었다. 틸카헤테의 자연과 사람들, 한국을 떠나온 그 순간부터 여행에서 만났던 모든 친구들의 에너지와 마음이 모여 만든 자리였다.

빠른 길로 가기 위해 목적지도 모른 채 달려온 삶, 발밑에 떨어진 일을 처리하기 급급한 삶이 아닌 긴 호흡으로 멀리 내다보는 삶을 살리라 다짐했다. 알레브리헤를 만드는 장인들처럼. 지나온 내 여행처럼.

할리와 나는 전날 시장에서 산 사포텍 자수가
들어간 새 옷을 입고 전시장에 섰다.
하나도 떨리지 않는다고 큰소리 쳤는데
장인들과 동네사람들이 하나둘씩
전시장에 모여 들자 그때부터 심장이 터질 듯
뛰기 시작했다.

여유로운 웃음 잃지 않으며

완성된 동화책을 들고 멕시코시티 예술 궁전 앞에 섰다. 모든 일이 무사하게 잘 끝난 지금 이 시간을 반겨야 할까, 아니면 이제 정말 긴 여행을 마치고 한국으로 돌아갈 시간이니 아쉬워해야 할까. 땅거미가 예술 궁전 건물 위로 드리우자 궁전 앞을 지나는 사람들의 그림자가 광장을 꽉 채웠다. 분주한 사람들의 움직임이 어느새 낯설어져 버린 것은 틸카헤테 마을에서 보낸 한적하고 고요한 시간의 흔적이 아직 내 몸에 그대로 배어 있기 때문일 것이다. 긴 여행이 끝나며 안도감과 아쉬움이 교차하던 멕시코의 마지막 날 저녁, 여행에 종종 함께했던 핑크마티니의 'Splendor in the Grass'를 틀었다. 간주에 나오는 차이콥스키의 피아노 협주곡은 틸카헤테 마을 소리를 모두 모아 놓은 듯했다. 6시만 되면 내리던 비, 염소 떼, 붓을 들고 다니던 어린아이, 길에 핀 야생화, 온 산에 만발한 초록 풀. 노래는 아름다운 선율로 내게 말했다. 천천히 걷자고. 초록 풀 위에 얼굴을 대고 잔디가 자라는 소리를 들어 보며 살자고.

짐을 모두 싸고 잠시 쉬고 있는데, 틸카헤테에서 리카르도가 휴대전화로 메시지를 보냈다. 한 주 전에 장인들과 여유롭게 웃으며 이야기하고 있는 내 모습을 그린 그림을 찍어 보낸 것이었다. 여행을 하며 만났던 모든 이들이 이렇게 활짝 웃고 있는 나를 기억해 주었으면 좋겠다는 마음에 미소가 번졌다. 아쉬운 마음에 여행 기간을 조금 더 늘려 볼까 잠시 생각했다. 하지만 소중한 사람들이 나를 기다리고 있는 곳, 한국이 많이 그립기도 했다. 마음을 다잡고 커다란 짐 가방을 현관문 앞에 내어 두었다.

언젠가 다시 만나기로
약속했으니 너무 서운해
하지 말자 마음속으로
수없이 되뇌었다.
소중하고 소중하고 또
소중한 내가 만난
길 위의 사람들.

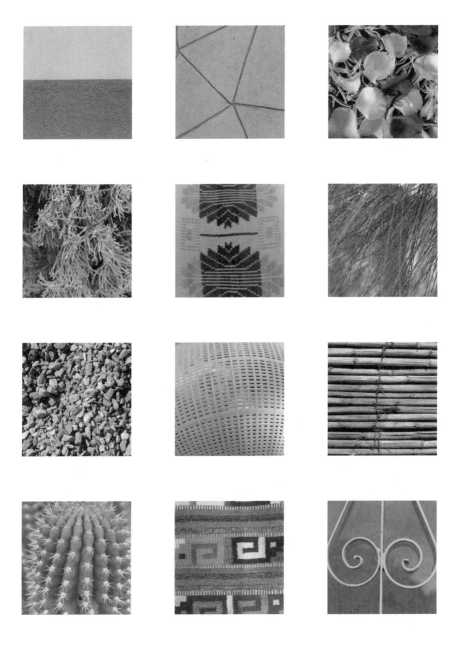

멕시코의 전통 예술과 한국의 옛이야기로 만든
세상에 하나뿐인 그림책

낯선 환경에서 낯선 재료들로 책을 만드는 일은 쉽지 않았다. 가장 어려웠던
것은 단연코 동화책의 주인공들을 알레브리헤로 만드는 첫 과정, 나무 깎는
일이었다. 서투른 칼질에 속도가 나지 않자 장인들은 하루 대부분을 내 곁에서
머물며 쉴 틈 없이 도와주셨다. 할리와 나는 채색까지 마친 알레브리헤를
바람에 말리며 거의 다 왔다고 기뻐했다. 며칠 뒤 콜라주 작업을 위해 우리가
만든 알레브리헤를 이 방향 저 방향 돌려가며 사진을 찍고 인쇄해 예쁘게
오렸다. 하나를 끝내 놓으면 늘 더 큰 문제들이 기다리고 있었다. 작업은 산
넘어 산, 스케치도 쉽지 않았다. 아마테 종이 위에 바로 그림을 그릴 수가 없어
검정색 종이 위에 먼저 그림을 그리고 그대로 한 땀 한 땀 칼로 팠다.
마무리 작업은 그림에 색을 넣어야 했는데 종이 결이 너무 거칠어서 다른
방법을 찾아야 했다. 살아 있는 나무 한 그루가 그대로 전해지는 종이 위에
가장 어울리는 색, 아마테와 가장 어울리는 색이 무엇이 있을까 고민하다
마을을 찬찬히 돌아다니며 우리가 매일 걸었던 동네에서 알맞은 색을 찾기로
했다. 매일 드나들던 작업장의 화려한 바닥 타일, 주방 할머니가 애지중지하는
연두색 소쿠리, 동네 가게의 알록달록 젤리, 오코틀란 장에서 만난 할머니의
닳고 닳은 오색 가방, 작업장에서 무럭무럭 자라는 초록색 선인장. 이 색들이
바로 틸카헤테다운 색이었다. 사진으로 담아 인쇄하여 장면마다 어울리는 색을
채워 넣었다. 그렇게 열여섯 페이지의 원화를 완성했다.
다 만들어 놓고 보니 한 장, 한 장이 마치 나무 결 위에 찍어 놓은 목판화
같았다. 멕시코시티로 넘어와 리카르도가 소개해 준 편집디자이너를 만나
텍스트를 정리했다. 한글을 처음 접한 디자이너와 함께 작업하는 것은 만만치
않은 일이었다. 그의 스튜디오에서 날을 새며 작업하기도 하고, 쉴새 없이

영상통화를 하며 수정 작업을 했다. 편집이 거의 마무리될 무렵 아마테 종이가
책 어디엔가 반드시 들어갔으면 좋겠다는 의견을 전했다. 이 책을 직접 본
사람이라면 꼭 한 번은 아마테의 질감을 느껴봤으면 해서였다. 일주일 뒤,
편집디자이너는 아마테 종이가 표지 왼쪽에 예쁘게 들어간 '미황사 이야기'
책을 들고 내 앞에 나타났다. 책은 생각보다 훨씬 더 멋지고 아름다웠다.
틸카헤테, 장인들, 할리, 그리고 우 에르난데스가 담겨 있어 그럴 테다.

땅끝마을, 아름다운 절 미황사 이야기

책의 이야기는 내 고향 해남 땅끝마을의 천년고찰 미황사 창건 신화를 각색했다.
땅끝 마을 한 스님이 신비한 배를 봤다는 동네 사람의 이야기를 듣고 바다에
나갔다가 그 배에 탄 사람에게서 빛나는 상자를 하나 받는다. 그 상자 안에는
불상과 값진 물건들, 그리고 보자기에 쌓인 신비한 돌이 있었다. 그 보자기를
풀고 기도를 올리자 돌은 검은 소로 변했고, 뒤이어 신비한 물고기들과 함께
사람이 나타나 스님에게 부처님을 모실 절을 지으라 이야기한다. 이에 소가 울며
멈춘 자리에 아름다운 절 미황사를 짓고 많은 이들에게 기쁨과 복을 안겨주었다.

꿈에서 깨어, 다시 꿈을 꾸다

멕시코에서 한국으로 돌아오는 열아홉 시간, 비행기 속에서 그 동안의 여정과 함께한 사람들이 차르르 책장을 넘기듯 이어지며 하나의 이야기로 묶였다. 네 곳의 나라, 그곳에서 보낸 시간은 지금까지의 삶을 압축한 내 인생 같았다.

자연에서 마음껏 뛰놀던 스코틀랜드, 그곳에는 학교 수업이 끝나면 산으로 들로 뛰어다니던 열 살의 내가 있었다. 고향처럼 푸근한 동네, 맑고 푸른 언덕에서 양떼들과 뒹굴고 잔디에 벌러덩 누워 원없이 소리치며 노래했다. 꽉 쥐고 있던 무언가가 자연스럽게 손에서 풀려 나가는 듯했다. 순수했던 어린 시절에는 쥐고 있지 않던 욕심, 성공하고 싶은 마음 같은 것들이었다. 스코틀랜드는 아등바등 살던 나에게 괜찮으니 천천히 하라 타일러 준 곳, 세상에 기회가 한 번뿐은 아니니 실수해도 된다며 강박 대신 여유로움을 쥐어준 곳이었다.

덴마크의 작은 마을 보른홀름에서 나는 문화기획자로 살고 싶어하던 열일곱 어린 소녀의 나를 만났다. 긴장으로 주눅든 채 학창시절을 보냈던 소녀는 덴마크에서 자유롭게 그림을 그리며 행복의 마법을 경험했다. 상상하고 원하는대로 축제를 만들며 비로소 웅크린 어깨를 활짝 펼 수 있었다. 기다려 주는 좋은 선생님을 만나고, 끊임없이 행복에 대해 고민하는 친구들과 함께 지내며 스스로를 행복하게 하는 것이 무엇인지 조금씩 알아가기 시작했다. 어깨를 활짝 편, 싱그럽게 웃는 얼굴을 한 열일곱 소녀가 지금의 내게 말한다. 문화기획자라는 직업을 선택하길 참 잘했다고, 다시 시작하는 한국에서 지금의 마음처럼 지치지 말고 끈기 있게 행복을 위해 달려가라고.

미국은 가장 열정적이었으나 가장 무기력했고 그래서 가장 고민 많던 7년차 직장인이었던 나를 마주하게 했다. 그동안 생각하지 못했던 나의 일과 사회의 관계에 대해 진지하게 고민하고, 새로운 방향과 가능성을 보게 했다. 3개월간 메이데이 축제를 만들면서, 그리고 샌디의 삶을 곁에서 지켜보며 늘 가슴 한구석에 품고 있던 '하고 싶은 일을 하며 평생 밥 벌어먹고 살 수 있을까?' 하는 질문을 다시 한 번 곱씹었다. '하고 싶은 일을 하며 그 일에 책임지고 산다면 평생 밥벌이 하고 살 수 있다'는 샌디의 증명된 삶은 사회구성원으로서 책임감이라는 것이 어떤 차이를 만들어 내는지 명확하게 일러주었다. 감정 없이 퍽퍽하게 노동하는 무기력한 기획자가 되지 않기로 마음먹었다.

기계로 찍어 내면 쉬운 일을 손의 수고로움을 마다하지 않고 전통 방식을 고수하며 작업하던 멕시코 사포텍 부족의 삶은 매순간이 감격이었다. 작업 과정을 곁에서 지켜보며 세상에 이보다 더 눈부시게 삶을 대하는 장면이 있을까 생각했다. 무엇을 만들든 시간이 많이 걸리는 것은 효율이 떨어지는 일이라 생각했던 내게 장인들은 '시간이 걸리면 걸릴수록 더 아름다워지는 것'이라는 사실을 삶으로 알려 주었다. 쏟아지는 정보, 효율을 최고로 생각하는 사회에서 갈피를 잡지 못할 때 멕시코에서의 경험은 가까운 내 미래를 미리 살고 온 시간이기에 가장 현명한 길로 나를 안내할 것이라 믿는다.

살고 싶은 삶과 현실 사이의 간극을 바라보며 끊임없이 질문을 던지고 불안해하던 내게 이번 여행은 '확신'을 주었다. 사회생활을 하며 한 해 두 해 쌓이기만 했던 걱정, 외면하고 싶었던 질문들이 여행을 하며 보다 선명하게 다가왔다. 여행 중 현실에서 한 발짝 떨어져 용기 내서 질문 하나하나를 담담하게 마주했다. 늘 얄팍하지만 현실적인 질문들이 맨 앞에 손을 들고 서 있었다. '좋은 대학의 졸업장이 없으면 불이익을 받지 않을까?' '나이 서른넷에 여행에서 돌아오면 경력 단절이 되는 것은 아닐까?' '모아둔 돈을 여행 중에 다 써 버리고, 빈털터리로 서울살이를 어떻게 해야 하지?' '전보다 가치 있는 일을 하며 살 수 있을까?' '나이도 많은데 결혼은?' '시골에서 살고 싶은데 과연 내가 서울 생활을 포기할 수 있을까?' 등등이었다. 여행은 이 모든 질문에 명쾌한 답변이나 해결책을 주지는 않았다. 다만 '그렇게 살 수 있을까?' 했던 불안이 '가능하다'는 확신으로 변했다. 욕심이나 목적의식을 갖고 바라보았다면 결코 만날 수 없었을 것들을 발견한 여정이었다. 그것만으로도 이 여행은 아름답고 고마운 시간이다.

여행은 모든 불안감을 말끔하게 해소하는 만능 열쇠가 아니다. 돌아오고 나면 엄청나게 변화된 나를 만날 수 있을 거라는 미래의 보장된 카드도 아니다. 돌아온 서울은 여전히 분주하게 움직인다. 나는 내가 경험하고 온 모든 것이 앞으로의 내 삶에 만능처럼 작용할 거라는 생각은 하지 않는다. 그것들이 일로만 쓰이는 것이 아니라 내 삶의 작은 곳곳, 소소하게 나누는 대화에서, 내 손으로 지어 먹는 밥 한끼에서, 누구를 만나든 모든 관계 속에서 은은하게 스며들어 천천히 변화하길 바랄 뿐이다.

각 나라에서 계획한 시간이 끝나갈 때마다 소중한 기억들이 금방 잊혀질까 걱정했는데 책을 쓰기 위해 1년 전의 시간을 다시 한 번 따라가다 보니 기억도 마음도 갈수록 깊어진다는 사실을 깨달았다. 함께 시간을 보냈던 사람들과도 두터운 관계를 이어오고 있다. 지난해 임신했던 사유리는 예쁜 딸을 낳았고, 샌디에게 나누어 준 상추는 올해도 텃밭에서 무럭무럭 자라고 있다는 소식을 들었다. 씩씩하던 덴마크 시민학교 교장 선생님은 안타깝게 암 투병 중이시고, 취업 걱정 많던 할리는 결국 틸카헤테에 직장을 잡았다. 시민학교의 도자기 선생님 애나메테가 일본 도자 축제의 초청을 받아 얼마 전 일본을 방문했고, 덴마크에서 만났던 친구들 역시 기회를 놓치지 않고 1년 만에 일본에서 만나 추억을 나눴다. 떠나지 않았더라면 결코 알지 못했을 이 관계 속에서 추억 때문에 나는 기쁘기도 하고 슬프기도 하다.

돌아온 서울에서 나는 동네 사람들과 함께 마을 이야기로 여행 프로그램을 만드는 작업을 하고 있다. 온갖 이야기가 섞여 있는 사람 냄새 나는 현장에서 마을, 사람, 그리고 여행의 새로움을 또 다시 배우고 있는 중이다. 동시에 나를 가장 나답게 만들어 주는 곳, 내 고향 땅끝마을로 돌아갈 준비도 천천히 하고 있다. 살아가야 할 날들이 막연하기만 했던 내게 여행은 두려움을 걷고, 그 자리에 파릇파릇한 용기를 채워 주었다. 이제 정말 서른다섯의 인생 문장 하나를 적어 책상 위에 붙여 놔야겠다. 날 닮은 그 한 문장과 함께한다면 언제, 어디로 떠나든 발걸음은 스물셋처럼 가벼울 것이다. 매 순간 설레었던 지난 여행처럼.

　마지막으로 긴 여행을 응원해 준 나의 가족, 특히 친구 같은 내 동생 천다연에게 고마움을 전한다. ✹

도서출판 남해의봄날 비전북스 14
우리 인생에 모범답안은 정해져 있지 않습니다. 대다수가 선택하고,
원하는 길이라 해서 그곳이 내 삶의 동일한 목적지는 될 수 없습니다. 진정한 자유를 위해
용기 있는 삶을 선택한 사람들의 가슴 뛰는 이야기에 독자 여러분을 초대합니다.

잃어버린 두근거림을 찾아

세계 예술마을로 떠나다

초판 1쇄 펴낸날	2017년 10월 20일
3쇄 펴낸날	2022년 6월 13일

지은이	천우연
편집인	장혜원책임편집, 박소희, 천혜란
마케팅	황지영, 이다석
디자인	류지혜
표지 일러스트레이션	설찌

종이와 인쇄	미래상상

펴낸이	정은영편집인
펴낸곳	남해의봄날
	경상남도 통영시 봉수1길 12, 1층
	전화 055-646-0512
	팩스 055-646-0513
	이메일 books@namhaebomnal.com
	페이스북 /namhaebomnal
	인스타그램 @namhaebomnal
	블로그 blog.naver.com/namhaebomnal

ISBN 979-11-85823-20-1 03810
© 천우연, 2017